붉은 유채꽃

이 동화의 배경인 '귓들으' 마을과 '바당곳' 마을은 실제 제주도에 있는 마을이 아니라
작가가 허구로 만들어 낸 곳입니다.

붉은 유채꽃

글 정도상 · 그림 휘리

작가의 말

어린이 여러분 안녕하세요.

이렇게 동화책으로 여러분과 인사하게 되어 무척 기쁩니다. 아주 오랜만에 어린이 여러분과 인사를 나누게 되니, 조금은 쑥스럽기도 하답니다. 저는 여러분들이 건강하고 행복하게 꿈을 꾸며 살기를 늘 소망하고 있답니다.

우리나라에서 가장 많은 사람이 가는 관광지로 제주

도가 있습니다. 특히 봄에 제주도에 가면 섬 곳곳에 노란 유채꽃이 만발해 있는 것을 볼 수 있지요. 꽃밭 한가운데로 들어가 예쁘고 멋진 모습으로 사진을 찍은 경험이 있을 겁니다.

제주도는 어디를 가더라도 풍광이 참 아름다운 섬입니다. 하지만 그 아름다운 풍경의 뒤안길에는 역사의 슬픔이 오롯이 새겨져 있습니다. 특히 1948년 4월 3일부터 시작된 역사는 비극과 슬픔으로 점철되어 있습니다.

그 역사를 우리는 제주 4·3 사건이라고 부릅니다. 당시 제주에 살고 있던 많은 사람이 서북청년단과 군경에 의해 희생당했습니다. 그 슬픈 이야기들이 아직도 제주에는 많이 남아 있는 것이고요.

『붉은 유채꽃』 바로 그 이야기를 담고 있는 동화입니다. 유채꽃은 원래 노란색입니다. 노란색이 붉게 변한 것은 제주 사람들이 흘린 피가 유채꽃을 물들였기 때문입니다. 4·3 사건으로 일만오천 명 가량의 제주 사람들이 희생당했습니다. 무서워서 신고하지 않은 희생자까지 합치면 숫자는 더 늘어날 것입니다. 지금도 제주도에는 같은 날에 제사를 지내는 마을이 많이 있다고 합니다.

『붉은 유채꽃』이 세상에 나온 지 19년이 되었습니다. 2000년에 〈제주 4·3사건 진상규명 및 희생자 명예회복에 관한 특별법(4·3특별법)〉이 제정되었지요. 하지만 진상규명도 어려웠고 제주 사람들의 명예회복도 쉽지 않았습니다.

그리고 마침내 2021년에 전면적으로 법이 개정되었습니다. 법이 제정되고 다시 개정되기까지 무려 22년이나 걸린 셈이지요. 참으로 다행스러운 일이 아닐 수 없습니다. 비록 늦었지만 지금부터라도 제대로 된 진상규명과 명예회복이 이뤄지기를 간절히 바랍니다.

이번에 노란상상 출판사에서 발간되는 『붉은 유채꽃』은 개정판입니다. 그림도 새로 그렸고요. 그 과정에 많은 사람의 노력이 있었습니다. 함께 일하신 모두에게 고맙다는 인사를 전합니다. 그리고 이 세상의 모든 어린이가 전쟁과 폭력의 피해를 입지 않고 건강하게 자라기를 소망합니다.

2023년 정도상

차례

작가의 말 · 4

괫들으 아이들 · 12

왔샤부대 · 25

어른들의 불장난 · 47

산사람 · 64

검은개와 노랑개 · 78

물에 빠진 성조기 · 90

찔레꽃 덤불 · 101

동굴수색 · 109

당산나무 아래에서 · 126

붉게 물든 저고리 · 137

정방폭포 · 154

4월 어느 날 · 163

붉은 유채꽃 · 171

제주 4·3 사건 진상규명 및 희생자 명예회복에 관한 특별법 · 182

굇들으 아이들

아침부터 굇들으 마을이 시끌벅적했다.

봉달이는 토끼처럼 귀를 바짝 세웠다. 무슨 일일까? 마늘죽과 보리떡을 먹으면서 바깥이 궁금해서 미칠 지경이었다.

수저를 놓자마자 아름드리 팽나무가 우뚝 서 있는 동네 마당으로 뛰어나갈 참이었다. 자칫 늑장을 부렸다간 엄마한테 잡혀 꼼짝없이 가갸거겨 공부를 해야만 했다.

봉달이는 수저를 빨며 엄마의 눈치를 살폈다.

"봉달아 노올자!"

그때 현미자의 목소리가 들렸다. 이크, 저 왈가닥이 아침부터 웬일일까? 봉달이는 얼른 대답하지 않았다.

"봉달아 노올자!"

미자가 아까보다 목소리를 더 높여 이름을 불렀다. 봉달이는 엄마 아빠의 눈치를 보았다.

"미자구만. 식전부터 웬일이냐?"

"헤헤……, 안녕하세요. 봉달이 있어요?"

미자가 나름 다소곳하게 인사했다.

"봉달이 지금 밥 먹고 있다. 왜?"

"헤헤, 같이 놀려고요."

"미자 너는 밥 먹었고?"

"예. 먹었어요."

"아이쿠, 부지런도 하지. 먼저 가거라. 봉달이도 가겠지 뭐."

엄마의 말에 미자는 봉달이를 슬쩍 보며 머뭇거렸다.

"기다렸다 같이 갈게요."

미자가 말했다.

"그래라 그럼."

엄마가 순순하게 대답했다. 봉달이는 속으로 신이 났다. 수저질을 재빠르게 했다.

"체할라, 천천히 먹어라. 밥이 입으로 들어가는지 코로 들어가는지 모르겠다."

아빠가 한마디 했다. 그래도 봉달이는 마파람에 게눈 감추듯 밥을 먹었다.

봉달이는 날마다 미자와 다투며 당산나무 아래서 놀았다. 그동안 개나리와 진달래가 피었고, 한라산에서 가끔 고라니가 내려왔다. 어느 날 아침이면 마당 가득 별이 그려진 헝겊 쪼가리가 보이기도 했다. 엄마는 말없이 그것을 태워 없앴다.

하루는 봉달이가 엄마보다 먼저 마당에 있는 헝겊 쪼

가리를 들고 고샅길[1]로 나섰다. 그러다 엄마한테 들켜 무진장 맞았다.

봉달이는 어른들을 정말 이해할 수가 없었다. 마당에 뿌려진 헝겊 쪼가리를 들고 놀았다고 매를 맞는 것은 너무 억울했다.

아빠가 개간한 옴팡밭[2]에서 유채가 파란 순을 내밀었다. 개구리가 모습을 드러냈고 이어서 뱀들도 나들이를 시작했다. 한라산에 가끔 눈이 내렸지만 따뜻한 날씨가 이어졌다.

엄마는 봉달이한테 한글을 가르쳤다. 모래판에다 가갸거겨를 쓰면서 글자를 익혔다. 아침을 먹고 엄마의 감시 아래 가갸거겨를 백 번 쓴 뒤에 봉달이는 지게발을

1 고샅길 마을 곳곳으로 이어지는 골목길.

2 옴팡밭 길가나 들판에 있는 움푹 패인 밭.

타고 집을 나섰다. 지게발을 타면 키가 훌쩍 커지는 기분이 들어 좋았다.

고샅길을 걸어가는데 종수가 문수를 동차[3]에 태우고 끌고 가는 게 보였다. 봉달이는 종수와 나란히 당산나무에 도착했다.

"야, 나도 타 보자."

미자가 지게발을 타고 있는 봉달이한테 다가왔다.

'얻어 타겠다는 주제에 말투가 왜 저래, 뻰뻰하게.'

봉달이는 미자를 향해 혀를 내밀었다.

"너 죽어?"

미자가 주먹을 내밀었다.

"너는 공기나 해. 고무줄이나 뛰든지. 계집애 주제에."

봉달이는 지게발을 타고 성큼성큼 걸으며 미자 속을

---

3 동차 어린아이를 태워서 밀고 다니는 자그마한 수레.

긁었다.

"뭐 계집애? 너 말 다 했어?"

미자가 등에 업은 미애를 추켜세우고 다가왔다. 봉달이는 얼른 당산나무 뒤로 달아났다. 하지만 미자의 발이 더 빨랐다.

미자는 봉달이의 지게발을 발로 걷어차 버렸다.

"으아악!"

봉달이는 지게발 위에서 허우적거리다 넘어졌다.

"쌤통이다, 하하!"

미자가 허리를 잡고 깔깔깔 웃었다.

손바닥에 모래가 박혀 상처가 났지만 봉달이는 그 정도로 울진 않았다. 손바닥에 묻은 흙을 탁탁 털면서 미자한테 달려갔다.

"이게 그냥 팍!"

주먹을 쳐들었는데 미자의 어깨너머로 뭔가 보였다.

"때려 봐! 때려 봐!"

미자가 턱을 쳐들었다. 하지만 봉달이의 관심은 먼지가 자욱하게 피어오르고 있는 신작로에 가 있었다.

봉달이는 주먹을 내리고 신작로에다 눈길을 던졌다. 봉달이의 눈길을 따라 미자도 고개를 돌렸다.

"뛰뛰빵빵, 뛰뛰빵빵."

동차에 타고 있던 문수가 마을로 들어오는 미군 지프차를 보고 손뼉을 치며 소리를 질렀다.

봉달이는 가슴이 설레었다. 봉달이는 미군들이 주는 양과자가 너무 좋았다.

메밀 부침개 속에 무채를 넣은 빙떡보다는 초콜릿이 더 맛있다. 오늘 저녁에 먹게 될지도 모를 메밀과 고구마를 버무려 놓은 범벅보다 비스킷이 더 맛있다. 봉달이의 입 안에 침이 고였다.

잠시 후, 미군 지프차와 트럭 한 대가 도착했다. 지프차에서 흑인과 백인이 내렸고, 트럭에서는 군복을 입긴 입었는데 계급장이 없는 청년들이 나무총을 메고 뛰어내렸다.

지프차와 트럭 주변으로 동네 아이들이 모두 몰려들었다. 눈이 옆으로 째진 키가 작은 청년과 키가 훌쩍 크고 얼굴이 까만 청년이 미군 옆으로 왔고, 나머지 청년들은 고샅길로 들어갔다.

"헬로, 헬로."

미자가 먼저 꼬부랑말을 하며 앞으로 나갔다. 봉달이는 미자보다 먼저 앞으로 나가려고 했다. 그러나 미자보다 앞서지 못했다. 귓들으 아이들이 미군 앞에 모두 모였다.

처음 미군을 봤을 때는 우뚝 솟은 코와 파란 눈동자가 무서워서 꽁꽁 숨었는데 지금은 아니었다.

"헬로, 헬로~."

아이들이 저마다 꼬부랑말로 인사했다.

"자, 자, 기다려, 기다려 이놈들아."

키 작은 청년이 촐랑거리며 앞으로 나와서는 삐죽삐

죽 나온 꼬마들의 손을 정리했다. 백인은 담배를 물고 히죽히죽 웃기만 했다. 흑인이 지프차 뒤에서 과자 상자를 꺼냈다. 아이들의 탄성이 흘러나왔다.

과자 상자를 보니 침이 더 많이 고였다. 어느새 봉달이 앞으로 부뜰이가 나와 있었다. 봉달이는 부뜰이를 밀어냈다.

흑인이 과자 상자를 열고 그 안에서 작은 과자 봉지들을 꺼냈다. 모두 서로 먼저 받으려고 까치발을 들고 손을 내밀었다.

“아이고 이놈들!”

키 작은 청년이 도무지 못 말리겠다는 표정으로 뒤로 물러섰다.

“헤이, 리틀 보이! 헤이, 보이!”

흑인이 소리 지르며 과자 봉지를 하늘 높이 던졌다. 과자 봉지는 아이들 뒤의 땅으로 떨어졌다.

“우와!”

모두 소리지르며 몸을 돌려 땅에 떨어진 과자를 주우러 달려갔다. 맨 앞에 섰던 봉달이와 미자는 졸지에 맨 꼴찌가 되었다.

봉달이와 미자는 봉지 두 개를 챙겼다. 그사이에 다른 애들도 봉지를 챙겼고 남아 있는 봉지를 서로 차지하려고 다퉜다.

그 바람에 봉지가 찢어져 초콜릿이며 풍선껌, 사탕과 비스킷이 쏟아졌다. 봉달이와 미자는 초콜릿을 향해 동시에 손을 뻗었다.

"잡았다."

초콜릿을 잡았다고 소리를 지르는 순간, 미자의 손도 초콜릿을 잡았다. 봉달이는 미자의 손을 뿌리치고 초콜릿을 움켜쥐었다.

"놔! 내 거야!"

봉달이가 소리 질렀다.

"네가 놔! 내가 먼저야."

미자도 지지 않고 맞장구쳤다.

"에잇!"

봉달이는 미자를 밀어내며 초콜릿을 꽉 잡았다. 미자는 엉덩방아를 찧으며 넘어졌다. 미자 등에 업혀 있던 미애가 울음을 터뜨렸다.

"까불고 있어."

봉달이는 의기양양하게 말하고 초콜릿을 쳐다봤다.

"으잉?"

그런데 초콜릿이 반으로 잘려있는 게 아닌가?

'앗, 이럴 수가?'

봉달이는 얼른 미자의 손을 봤다. 미자의 손에도 초콜릿 반쪽이 들려 있었다.

"까불고 있어."

미자가 혀를 내밀어 '메롱' 하며 일어섰다. 분명히 자신이 먼저 초콜릿을 잡았지만 하는 수 없다고 생각했다.

미자는 등에서 울고 있는 미애를 앞으로 돌렸다. 반쪽

의 초콜릿을 조금 떼어 미애의 입에 넣어 주었다. 초콜릿이 입에 들어가자 미애는 울음을 뚝 그쳤다. 신기했다.

봉달이도 손에 들고 있던 초콜릿을 먹었다. 달콤하고 쌉싸름하게 입 안에서 살살 녹는 그 맛은 최고였다. 빙떡 백 개를 합쳐도 초콜릿 하나를 당하지 못할 터였다.

동네 꼬마들이 모두 과자 봉지를 열고 제 몫의 과자를 먹고 있을 때, 미군과 청년단들은 동네를 떠났다.

봉달이는 아무리 생각해도 미자가 괘씸했다. 미자만 아니었으면 더 많은 초콜릿과 풍선껌을 차지할 수 있었는데…….

"어?"

종수가 당산나무를 가리키며 소리를 질렀다. 종수의 손가락을 따라 눈길을 옮기던 봉달이는 그만 입을 다물지 못했다.

당산나무에 있던 금줄은 끊어져 있었고, 가지도 두어 개 부러져 있었다. 순간 머리카락이 쭈뼛 서는 기분이

들었다.

포수 할아버지가 당산나무를 해코지하면 마을에 재앙이 닥친다고 했는데……. 이 일을 어쩌면 좋아? 당산나무를 지켰어야 했는데……. 기분이 이상했고 뭔지 모르게 겁이 났다.

왔샤부대

미군이 왔다 간 며칠 후, 왔샤부대가 떴다.

아침을 먹고 있는데 고샅길에서 '왔샤 왔샤' 하는 소리가 들렸다. 봉달이는 수저를 놓자마자 당산나무로 뛰어갔다.

당산나무에 도착하니 가마니에다 붉은 글씨로 뭔가를 쓴 동네 청년들이 '왔샤 왔샤'를 외치고 있었다. 부뜰이네 누나도 주먹을 쥐고 흔들며 구호를 외쳤다. 봉달이는 그동안 배운 가갸거겨의 솜씨로 가마니에 적힌 글씨를 더듬더듬 읽었다.

친·일·파·를 처·단·하·자!

부·패·경·찰 몰·아·내·자!

양·놈·에·게 속·지·말·자!

양·과·자·를 먹·지·말·자!

'뭐? 양과자를 먹지 말라고? 왜?'

봉달이는 다른 말들은 상관하지 않았지만 '양과자를 먹지 말자'라는 말만큼은 이해할 수가 없었다.

봉달이는 입을 삐죽 내밀었다. 초콜릿, 비스킷, 사탕, 껌을 먹지 말자니……. 양과자가 얼마나 맛있는데 그것을 먹지 말자고?

속으로 이렇게 생각하며 봉달이는 옆에 서 있는 부뜰이와 미자를 쳐다봤다. 부뜰이는 손에 초콜릿을 들고 있었고, 미자는 부뜰이의 손에서 눈길을 떼지 않고 있었다.

부뜰이는 왔샤부대가 양과자를 먹지 말라고 소리를 바락바락 지르며 당산나무를 돌고 있는데도 초콜릿을 조금씩 떼먹었다.

바로 그때, 매가 병아리를 채 가듯 미자가 부뜰이의 손에 남은 초콜릿을 채 갔다. 미자는 종이를 벗기지도 않고 초콜릿을 입에 넣고 우걱우걱 씹었다.

부뜰이가 어리둥절한 표정으로 미자를 봤다. 미자는 종이를 뱉어낸 뒤에 손바닥으로 입을 씻었다.

우아앙!

부뜰이가 울음을 터뜨렸다. 부뜰이는 울면서 미자를 붙잡았으나 미자는 그저 웃기만 했다. 부뜰이는 미자의 입을 억지로 벌렸다. 그러나 미자의 혀가 초콜릿색으로 변했을 뿐 아무것도 없자 그만 미자의 입을 세게 꼬집었다.

"아야!"

미자가 아파 죽겠다는 표정으로 비명을 질렀다. 부뜰이는 울먹거리다가 물러섰다. 그걸로 복수는 끝이었다.

"왔샤부대가 대단하네."

아빠가 담배 연기를 내뿜으며 말했다.

"그러게요."

불쑥 맞장구를 치는 소리가 들렸다. 목소리의 주인공은 현재영 형이었다. 현재영은 귓들으가 낳은 천재라고 칭찬이 자자해서 동네 꼬마들도 모두 알고 있었다. 그는 제주읍에서 중학교에 다니고 있었다. 아빠가 현재영을 향해 고개를 돌렸다.

"아니 이게 누구야?"

"안녕하세요."

현재영이 아빠한테 꾸벅 절을 했다.

"아이고 우리 동네 천재 아니야? 언제 왔어?"

"어제 왔습니다."

"자네 춘부장한테 소식은 들었네. 이번에도 학년 전체에서 수석이라며? 고생했네, 고생했어."

아빠가 현재영의 어깨를 두드렸다.

"봉달이 너도 이 형처럼 공부 잘 해야 돼!"

아빠가 봉달이를 보며 말했다. 아빠는 틈만 나면 공부 타령이다. 현재영이 봉달이의 머리를 쓰다듬었다. 기분이 묘했다.

"왔샤 왔샤!"

동네 청년들이 어깨동무를 걸고 '왔샤 왔샤'를 외치며 당산나무를 두어 바퀴 돌았다. 잠시 후, 왔샤부대의 뒤를 따라 동네 사람들이 길을 떠나기 시작했다.

"어디 가, 아빠?"

봉달이가 아빠의 저고리 자락을 잡고 물었다.

"읍내."

아빠가 귀찮다는 듯이 간단하게 대답했다.

"나도 갈래요."

봉달이는 아빠의 저고리 자락을 꽉 움켜쥐었다.

"너는 집에 있어."

"싫어, 갈래요."

봉달이는 몸을 흔들며 울상을 지었다.

"어허, 너 같은 어린애가 갈 데가 아냐!"

아빠가 겁을 주었다. 왜 어른들은 재미있는 놀이에 아이들을 데려가지 않는 걸까?

한발 물러나 봉달이는 사람들 틈에서 엄마를 찾았다. 갈옷[4]을 곱게 차려입은 엄마가 미자 엄마와 함께 맨 뒤에서 걷고 있는 게 눈에 띄었다.

"엄마!"

봉달이는 엄마를 소리쳐 부르며 뛰어갔다.

"엄마! 나도 갈래."

4 갈옷 떡갈나무 껍질로 물을 들여 만든 제주 전통 한복.

봉달이는 얼른 엄마의 손을 잡았다. 그런데 엄마는 봉달이의 손을 뿌리쳤다.

"안 돼. 집에 있어."

엄마가 싸늘하게 봉달이를 밀어냈다.

"나도 갈래 잉."

봉달이는 엄마의 치맛자락을 잡고 몸을 흔들며 떼를 썼다.

"아이고 더러워라. 콧물 좀 봐!"

엄마의 말에 봉달이는 코를 훌쩍 들이마셨다.

"흥 해!"

엄마가 눈을 흘기며 봉달이의 코에 엄지와 검지를 붙이고 말했다.

"흥!"

봉달이는 엄마가 시킨 대로 '흥'이라고 말했다.

"입으로만 '흥' 하지 말고 코를 풀란 말이야. '흥' 해"

"흥!"

이번에도 코로 하지 않고 입으로 흥 했다.

"몇 살인데 코도 못 풀어?"

엄마는 콧등을 위에서부터 쥐어짰다.

"아야, 아야!"

아프다며 소리를 질렀지만, 엄마는 막무가내였다. 얼마나 아픈지 눈에서 눈물이 찔끔 흘렀다.

"집에 안 가?"

그때 바로 뒤에서 쇳소리가 터져 나왔다. 돌아보니 미자 엄마가 몹시 화를 내며 미자를 돌려세우고 있었다.

"나도 갈래에."

미자가 몸을 흔들며 코맹맹이 소리를 냈다.

"얘가 왜 이래! 빨리 집에 가지 못해!"

미자 엄마가 손을 쳐들었다. 미자는 눈을 감았다.

"어유, 이걸? 빨리 집에 가지 못해?"

미자 엄마는 미자를 거칠게 돌려세웠다. 미자는 터덜터덜 걸어가며 등에 업은 미애를 꼬집었다. 미애는 울음을 터뜨렸다. 그걸 보고 엄마가 빙그레 웃었다.

"봤지? 미자도 그냥 집으로 가잖아. 너도 얼른 가!"

엄마가 봉달이를 돌려세웠다. 봉달이는 미자를 미워하면서 돌아서지 않을 수 없었다. 당산나무로 돌아온 봉달이는 고개를 길게 빼 동구 밖 신작로를 바라보았다.

동구 밖 신작로에는 물터진골의 왔샤부대가 막 도착하고 있었다. 가마니와 광목을 든 물터진골의 왔샤부대와 곗들으 왔샤부대가 신작로에서 하나로 합쳐졌다.

"왔샤 왔샤!"

윗동네 왔샤부대가 다시 합류해서 신작로 위를 펄쩍펄쩍 뛰었다. 흙먼지가 뿌옇게 일어났다. 그 뒤를 동네 사람들이 천천히 따라갔다.

"읍내에서 운동회라도 하나?"

만일 운동회를 한다면 정말 신날 텐데……. 무지 아쉬웠다. 당산나무 아래에는 동네 꼬마들만 모여 손가락을 빨고 있었다.

"야, 고무줄 하자!"

미자가 수미와 숙자한테 말했다.

"우리는 공기놀이 할 건데?"

수미가 숙자와 눈짓을 주고받으며 대답했다.

"고무줄 해!"

미자가 사납게 말하고 고무줄 끝을 숙자한테 내밀었다. 숙자가 수미 눈치를 살폈다.

"너 혼날래?"

미자가 눈을 부릅떴다. 숙자는 깜짝 놀라며 얼른 고무줄을 받았다.

"너는?"

미자가 수미한테도 고무줄을 내밀었다.

"내가 왜? 네가 잡아."

수미는 미자가 내민 고무줄을 잡지 않았다.

"알았어."

미자는 고무줄을 잡고 숙자와 마주 섰다. 수미가 고무

줄 위에 서서 놀이를 시작했다.

'미국 놈 믿지 말고 소련 놈 속지 마라.

일본놈 일어선다 조선사람들 조심하세.'

수미가 고무줄에 걸리자 이번에는 미자가 나섰다. 미자도 수미와 똑같은 노래를 부르며 고무줄을 발목에 걸고 폴짝폴짝 뛰었다. 으아앙! 미자가 뛰자 등에 업힌 미애가 울음을 터뜨렸다.

"우씨! 잠깐만!"

미자가 고무줄 위에서 내려오더니 주변을 둘러보았다. 마침 종수가 끌고 다니는 동차가 비어 있는 것을 발견했다. 미자는 미애를 포대기에 둘둘 감아 그 안에 내려놓았다.

미애는 더욱 자지러지게 울었다. 미자는 미애가 울거나 말거나 고무줄놀이에 열중했다. 미애는 점점 더 크게 울었다.

"야, 우리 기시내오름[5]에 놀러 가자."

봉달이가 귀식이한테 말했다.

"기시내오름에?"

엉뚱하게도 부뜰이가 반응을 보였다.

"거기 가서 뭐하게?"

한 살 많은 영수가 물었다.

"총싸움."

봉달이가 대답했다. 기시내오름 주변에는 동굴이 있어서 총싸움하기에도 좋았고, 가끔은 박쥐를 잡을 수도 있었다.

"나도 갈래."

미자가 고무줄을 놓고 벌떡 일어섰다.

5 오름 한라산 기슭에 있는 작은 언덕이나 산을 부르는 제주도 사투리.

"아야!"

미자가 손을 놓는 바람에 고무줄이 튕겨 수미의 얼굴에 정통으로 맞았다. 고무줄놀이가 순식간에 끝나고 말았다.

"가자, 가자!"

미자가 서둘러 미애를 업으며 설쳤다. 봉달이는 미자랑 함께 가는 게 왠지 싫었다. 미자는 집으로 쏜살같이 달려가 미애를 내려놓고 왔다. 신이 난 미자는 자기가 마치 대장인 양 앞장섰다.

미자, 영수, 종수, 숙자, 수미, 부뜰이, 봉달이의 순서로 괸들으 마을 아이들은 고샅길을 따라 기시내오름으로 향했다.

마을 고샅길을 막 빠져나와 버들못을 끼고 계속 위로 올라갔다. 저만치서 기시내오름이 보였다. 원래 '가시내오름'이라고 불렀는데, 언제부터인가 '기시내오름'으로 이름이 바뀌었다고 아빠가 말해 주었다.

마침내 기시내오름 아래 기슭에 도착한 아이들은 흩어져 전쟁놀이를 시작했다.

타다다당. 피융피융. 타타타타. 탕탕탕탕.

나뭇가지를 들고 입으로 총 쏘는 흉내를 냈다. 봉달이는 근처 동굴로 들어갔다. 동굴 입구는 겨우 한 사람이 들어갈 수 있을 정도로 좁았지만 들어가기만 하면 안은 무척 넓었다. 봉달이가 동굴로 들어가자 박쥐들이 찍찍거리며 날아다녔다.

동굴 안은 어두웠다. 성냥이나 양초를 가져오지 않아 불을 밝힐 수도 없었다. 그래도 잠시 눈을 감고 있다가 뜨니 동굴 안이 어슴푸레 보였다.

탕탕.

갑자기 동굴 입구에서 나타난 부뜰이가 총을 쏘았다. 봉달이는 재빨리 동굴 모퉁이로 돌아섰다. 헉! 누군가와 부딪쳤다. 봉달이는 깜짝 놀랐다. 상대방도 놀랐는지 뒤

로 물러섰다. 미자였다.

"야, 너 죽을래?"

미자가 소리쳤다.

"우씨!"

봉달이도 화가 나서 소리쳤다.

탕탕 타다당!

봉달이는 미자를 향해 총을 쏘았다.

"피이!"

미자는 총을 맞고도 오히려 콧방귀만 뀌었다.

"너랑 안 놀아!"

봉달이는 잔뜩 약이 올라 소리치곤 동굴에서 나와 버렸다. 총을 맞으면 죽는 시늉이라도 해야지, 미자 저것은 꼭 저래.

동굴에서 나온 봉달이는 기시내오름으로 올라갔다. 바다가 짙푸른색으로 출렁거리고 있는 게 한눈에 들어왔다.

"망아지는 제주도로 보내고 사람은 서울로 보낸다고 했는데, 봉달이가 서울로 갈 수 있을지 몰라? 재영이처럼 공부를 잘해야 서울로 갈 텐데……."

언젠가 아빠가 했던 말이 떠올랐다. 무슨 뜻인지는 모르지만, 언제쯤 저 바다를 건널 수 있을지는 궁금했다.

해가 뉘엿뉘엿 질 무렵에서야 동네 꼬마들은 기시내 오름에서 굇들으로 내려왔다. 꼬마들은 당산나무 아래에 모여 어른들을 기다렸다. 배가 고팠다. 귀식이가 보리떡을 가지고 왔다. 보리떡은 쳐다보지도 않는 부뜰이마저 보리떡을 조금씩 떼먹었다.

미자가 가까이 오자 부뜰이는 보리떡을 등 뒤로 숨겼다. 미자는 아랑곳하지 않고 방심하고 있던 귀식이의 보리떡을 잽싸게 낚아챘다. 미자의 손놀림은 정말 번개처럼 빨랐다.

"내놔!"

귀식이가 손을 벌리며 내놓으라고 말했다. 퉤퉤. 미자는 보리떡에다 침을 뱉어 버렸다. 귀식이는 울상을 지었다. 하지만 미자는 태연하게 보리떡을 먹었다. 가끔 입에서 씹던 보리떡을 미애의 입에도 넣어 주었다. 미자는 정말 더럽고 치사했다.

어른들이 몰려오는 땅거미와 함께 동네로 돌아왔다. 말쑥했던 차림이 모두 엉망이 되어 있었다. 미자 엄마의 옷에는 피가 잔뜩 묻어 있었고, 포수 할아버지는 절룩거렸다. 엄마와 아빠의 옷에도 피와 흙이 묻어 더러웠다.

어른들의 표정은 침통했고, 아주머니들은 치맛자락으로 하염없이 눈물을 찍어 냈다. 배가 잔뜩 고픈 봉달이는 얼른 엄마한테 갔지만 찐빵 하나 얻지 못했다. 분위기가 심상치 않아 봉달이는 응석을 부릴 수도 없었다.

그날 저녁, 동네 아이들은 다시 당산나무 아래로 하나 둘씩 모여들었다. 모두 저녁도 제대로 먹지 못한 표정이었다.

“시끄러! 우씨, 배고파 죽겠네.”

미자가 징징대는 미애의 엉덩이를 치며 투덜거렸다.

“근데, 읍내에서 싸움 났었나 봐. 우리 엄마 아빠 옷에 막 피가 묻어 있더라…….”

종숙이가 손가락을 빨며 말하자 이번엔 미자가 아는 척을 했다.

“그게 아니야, 바보야! 경찰이 때려서 그런 거야!”

아이들은 저마다 귀동냥으로 들은 얘기를 한마디씩 하느라 어둠이 내려앉은 것도 몰랐다. 봉달이가 그때 읍내에서 무슨 일이 있었는지 제대로 안 것은 그로부터 한참 후였다.

읍내의 북초등학교 운동장에서 3·1절 기념행사가 열렸다. 제주도 사람들이 모두 모였다.

제주의 여러 동네에서 온 왔샤부대들이 거대한 행렬로 운동장을 뱅글뱅글 돌며 구호를 외쳤다. 누군가가 연단에 올라와서 고래고래 소리를 질렀고 어른들은 환호하며 박수를 보냈다.

마침내 연설이 끝나고 왔샤부대가 가마니와 광목을 앞세우고 운동장을 돈 다음에 교문을 나서기 시작했다. 왔샤부대를 따라 어른들도 움직였다. 교문을 나서는데 육지에서 건너온 서북청년단[6]이 침을 거칠게 뱉으며 사람들을 노려보았다. 성조기와 태극기를 목총 끝에 매단 까무잡잡하고 키 큰 사내가 날카로운 눈빛으로 왔샤부대를 쳐다보았다.

사람들은 관덕정[7] 방향으로 서서히 걸어갔다. 관덕정이 가까워지자 미군들이 타고 다니는 작은 트럭이 보였

6 서북청년단 북한에서 사회주의개혁 당시 밀려나서 남한으로 내려온 사람들이 만든 단체.

7 관덕정 제주도에서 가장 오래된 건물 중 하나로 병사들의 훈련장으로 사용하기 위해 지은 목조 건물.

다. 트럭 위에는 군인들이 기관총으로 사람들을 겨냥하고 있었다.

미군들과 별이 그려진 트럭과 어른 손가락 굵기의 노란 총알이 줄줄이 달린 기관총을 무시하고 사람들은 제주도청을 향해 행진했다.

타다다당, 타다다다, 타다다당, 타다다다.

순간, 고막을 찢어버릴 듯한 굉음이 울려 퍼졌다. 기관총 소리에 놀란 사람들은 아우성을 치며 이리 뛰고 저리 뛰었다. 총알이 쏟아졌다. 앞사람이 넘어지자 뒷사람이 넘어지고 이어서 또 다른 사람들이 그 위를 덮쳤다. 순식간에 아수라장이 되고 말았다.

그 위를 기마 경찰이 덮쳤고, 육지에서 온 경찰들도 합세해 마구 몽둥이를 휘둘렀다. 사람들은 머리와 몸에서 피를 흘리며 쓰러졌다.

사람들은 간신히 말발굽을 피해 데굴데굴 굴렀다. 그런데 바로 앞에서 현재영의 머리를 말발굽이 짓밟고 지나갔다. 현재영은 그 자리에 쓰러졌다. 이어서 서북청년단이 나타나 현재영의 몸을 몽둥이로 내려치고 지나갔다. 모슬포댁이 현재영을 끌어안고 울부짖었다.

북초등학교에서 관덕정 사거리까지 발 디딜 틈도 없이 가득했던 사람들은 기마 경찰의 말발굽과 육지 경찰의 몽둥이와 기관총을 당해내지 못하고 썰물처럼 흩어졌다.

주인 잃은 짚신과 고무신이 거리에 가득했고 관덕정은 텅 비어 버렸다. 여기저기에 쓰러진 사람들이 보였다. 모슬포댁은 현재영을 업고 병원으로 뛰었다.

이야기를 들은 봉달이는 어른들을 이해할 수 없었다.

어른들의 불장난

그렇게 어수선한 한 해가 가고 다시 봄이 찾아왔다.

엄마가 호롱불 아래서 바느질을 하다 혀를 끌끌 찼다.

"왜?"

아빠가 담배를 말며 물었다.

"아, 글쎄 재영이가 엊그제 퇴원해서 집으로 왔는데……."

"어떻대?"

"정신은 돌아왔는데, 그냥 바보가 돼서…… 쯧쯧!"

"후우~."

담배 연기를 내뿜으며 아빠가 한숨을 쉬었다. 봉달이는 이불 속에 누워 꼼지락거렸다. 한 살 더 먹었지만 아직도 작은 방에 혼자 누워 있는 것보다 큰 방에 있는 게 좋아 은근슬쩍 버티고 있었다.

"천재를 그 모양으로 만들었으니, 세상에 그런 놈들이 다 있을까? 무작스러운 놈들."

"모슬포댁 가슴이 찢어지겠어요."

아빠는 한숨만 푹푹 내쉬며 말이 없었다.

졸음이 몰려와 봉달이는 입이 찢어져라 크게 하품했다. 엄마와 아빠의 말은 하나도 재미없었다. 아빠가 담배 연기를 내뿜었다. 코가 매웠다. 에취! 재채기가 터졌다.

"건너가서 자."

엄마가 말했다. 함께 자고 싶은데, 엄마는 잘 시간만 되면 작은 방으로 봉달이를 밀어냈다.

"여기서 같이 자면 안 돼?"

아빠의 눈치를 보며 응석을 부렸다.

"안 돼, 어서 건너가!"

엄마가 덮고 있는 이불을 확 걷어버렸다. 봉달이는 잉잉거리며 버텼다. 믿었던 아빠는 편을 들기는커녕 헛기침만 두어 번 했을 뿐이었다.

도리 없이 봉달이는 작은 방으로 왔다. 대충 이불을 펴고 누웠다. 오줌이 마려운 것 같았지만 귀찮아 그냥 눈을 감았다. 그러나 좀체 잠이 오질 않았다. 이리저리 뒤척거리던 봉달이는 오줌을 누고 자야겠다고 생각하며 일어났다.

봉달이는 곧장 방문을 열고 마루로 나갔다. 마루 끝에서서 오줌을 눌 작정이었다.

"마당에서 지린내 난다. 통시[8]로 가."

어떻게 눈치를 챘는지 엄마가 나직하게 말했다. 마루 끝에 서서 바지춤을 내리던 봉달이는 입을 삐죽하고 마당으로 내려섰다. 변소 근처로 가서 오줌을 누며 밤하늘을 올려보았다.

"우와!"

봉달이는 탄성을 질렀다. 그러고도 입을 다물지 못했다. 세상에 태어나 이런 엄청난 불장난은 처음이었다. 한라산 꼭대기에서 엄청난 불꽃이 활활 타오르고 있었다.

마을에서 제일 가까운 기시내오름과 물터진골의 바늘오름과 항거리의 배룩오름에도 불꽃이 피어올랐다. 오름마다 불기둥이 솟아올라 밤하늘을 환히 비추었다.

"아빠, 아빠!"

봉달이는 서둘러 아빠를 불렀다.

"웬 호들갑이냐?"

아빠가 귀찮다는 투로 대답했다.

---

8 통시 변소

"아빠, 아빠!"

제주의 모든 오름을 태울 듯이 타오르는 불꽃을 봉달이는 뭐라 설명할 재간이 없어 아빠를 더욱 크게 불렀다.

"허, 그놈 차암!"

아빠가 방문을 삐죽 열었다.

"아빠, 저기 한라산에……, 저거 좀 봐요!"

봉달이가 손가락으로 한라산을 가리켰다.

"뭔데 그래?"

아빠가 마루로 나왔다.

"저거요."

봉달이는 엄청난 불꽃으로 불의 산이 된 한라산과 오름을 가리켰다.

"……."

아빠도 그 불을 보더니, 얼굴을 찡그리며 맨발로 마당에 내려왔다.

"으음, 쯧쯧……."

아빠가 혀를 끌끌 찼다.

"저거 뭐예요?"

봉달이가 물었다. 그러나 아빠는 대답 없이 마루에 걸터앉아 또 담배를 말았다. 담배에 불을 붙인 뒤, 마당에 서서 연기를 길게 내뿜었다.

잠시 후 아빠는 봉달이의 손을 잡고 한라산과 오름이 아주 잘 보이는 수미네 집 뒤의 개머리동산으로 갔다. 개머리동산의 꼭대기에는 이미 동네 사람들이 꽤 나와 있었다. 봉달이는 자신도 모르게 손톱을 물어뜯으며 불을 바라보았다.

"봉홧불이네! 거창하구만."

포수 할아버지가 곰방대[9]를 빽빽 빨면서 말했다.

'봉홧불? 그게 뭐지?'

9 곰방대 짧은 담뱃대

봉달이는 손톱을 물어뜯다가 아빠한테 다가갔다.

"봉홧불이 뭐예요?"

봉달이는 진지하게 물었다.

"멀리 떨어져 있는 데서 서로 연락하는 거란다."

"무슨 연락을 하는 건데요?"

"몰라도 돼!"

아빠가 귀찮다는 투로 봉달이를 밀어냈다. 봉달이가 풀이 죽어 돌아서는데 부뜰이가 보였다.

"부뜰아, 저게 무슨 뜻인지 아냐?"

봉달이는 부뜰이한테 물었다. 부뜰이는 모른다며 고개를 저었다. 봉달이는 엄마한테 물어보기로 작정하고 봉홧불을 쳐다봤다. 봉홧불은 제주도 전체를 태울 듯이 곳곳에서 타올랐다. 봉달이는 침을 꿀꺽 삼켰다. 어른들의 불장난은 참으로 어마어마했다.

"산사람들이 아주 작정을 했구만."

"그러게요."

산사람? 눈사람이라는 말은 들어 봤어도 산사람이라는 말은 처음 듣는 터라 봉달이는 고개를 갸웃거렸다. 봉달이는 다시 아빠 곁으로 갔다.

"아빠, 산사람은 무슨 사람이에요?"

봉달이가 물었다.

"너는 몰라도 돼!"

봉달이는 이런 대답이 세상에서 제일 싫었다. 세상에 몰라도 되는 것이 어디 있는가? 그런데도 어른들은 걸핏하면 몰라도 된다고 말한다.

"그럼, 바다사람도 있어요? 물사람도 있고, 오름사람도 있어요?"

봉달이는 포기하지 않고 또 물었다.

"허허, 고 녀석 차암. 산사람은 산에 있는 사람들인데, 나중에 크면 저절로 알게 되는 사람들이야."

봉달이는 손톱을 깨물며 잠시 생각에 잠겼다.

'아하!'

봉달이의 머릿속에서 퍼뜩 떠오르는 것이 있었다. 지난겨울에 마을을 떠난 동철이네. 일본에도 갔다 왔다는 동철이네 삼촌이 읍내 경찰서로 불려 다니더니 지난 가을에 갑자기 사라졌다.

동철이네 삼촌을 찾아내라는 육지 경찰들의 성화에 이번에는 동철이네 아빠가 읍내 경찰서로 밥 먹듯 불려 다녔다.

마침내 지난겨울에 동철이네 온 가족은 보따리를 싸고 울면서 마을을 떠났다. 그때 동철이는 내게 아주 중요한 비밀인 듯 "우리 삼촌, 한라산에 들어갔대." 하고 속삭였던 적이 있었다.

"저러다가……."

포수 할아버지가 입을 뗐다.

"큰 난리가 날 모양이네요."

아빠가 포수 할아버지의 말을 받았다.

"그러게나 말일세."

포수 할아버지가 말끝에 혀를 끌끌 찼다.

어른들의 불장난은 정말 크고 멋있었다. 지난 대보름 때 하던 쥐불놀이는 정말이지 코흘리개 장난에 불과했다.

"아무튼 장관이로세."

"귀빠진 이후로 저런 봉홧불은 처음일세 그려."

동네 어른들이 한마디씩 보탰다. 아빠는 긴 침묵 끝에 슬그머니 봉달이의 손을 잡고 집으로 왔다.

봉달이는 자다가 이불에 오줌을 쌌다.

잠결에도 조심스레 손바닥으로 엉덩이 밑의 요를 만져보았다. 아, 손바닥 가득 물컹한 요가 느껴졌다. 그만 울고 싶어졌다.

이불에다 오줌을 쌌다고 아침밥도 먹기 전에 키를 덮어쓰고 이웃집으로 소금을 얻으러 다니는 것은 정말 끔찍한 일이었다.

영원히 오지 않기를 간절히 빌었던 아침이 왔고 오줌 싼 것을 들켜 볼기를 맞았다. 그러나 키를 덮어쓰고 소금을 얻으러 다니는 벌을 받지 않은 것은 정말 다행이었다.

아침밥을 먹고 엄마가 이불 홑청을 벗겼다. 엄마는 마당에다 멍석을 깔고 오줌에 젖은 솜을 널었다. 이어서 홑청을 비롯한 빨랫감을 함지박에 담아 우물가로 향했다. 봉달이도 엄마가 준 빨랫감을 안고 따라나섰다. 창피해서 죽을 맛이었다.

우물가에는 마을 아주머니들이 벌써 와서 머리를 감거나 빨래를 하고 있었다. 우물가 옆의 담벼락에는 벽보가 붙어 있었다. 엄마는 벽보를 읽기 시작했다. 봉달이도 엄마 옆에서 더듬더듬 읽었는데 무슨 뜻인지 얼른 이해가 가질 않았다.

"무슨 뜻이래? 까막눈이라 도무지 읽을 수가 있어야지."

미자 엄마가 엄마 옆에 와서 벽보를 가리키며 말했다.

엄마가 헛기침을 한 뒤에 입을 다셨다.

"총파업 투쟁으로 우리의 요구를 관철하자. 이렇게 쓰여 있구만."

글을 읽을 수 있다는 자부심이 밴 목소리로 엄마가 말했다.

"총파업 투쟁이 뭐래?"

미자 엄마가 물었다.

"글쎄요. 동네 청년들한테 물어봐야 하겠는데."

이번에는 엄마가 얼버무렸다.

"어째 어려운 글을 쓴대? 쉬운 말로 하면 안 되는감?"

"내 말이 바로 그 말이에요."

"또 뭐래는 것이여?"

"작년에 관덕정 사거리에서 경찰의 총에 맞아 죽은 사람들 보상을 해 달라는 것이고, 또 부락마다 부락민 대회를 열어 끝까지 투쟁한다고 하네."

"틀린 말은 하나도 없구만."

그때 미자가 미애를 업고 우물가로 들어섰다. 봉달이는 창피해서 얼른 빨랫감을 놓고 달아나려고 했다.

"어디 가!"

엄마가 막 돌아서는 봉달이의 귀를 잡았다. 귀가 잡힌 봉달이는 울상을 지으며 엉거주춤 섰다.

"아야! 아파아!"

봉달이가 신경질을 부리자 엄마가 귀를 놓아주었다.

"씻고 가, 몸에서 지린내 나잖아."

봉달이는 얼른 엄마의 입을 손으로 막고 미자의 눈치를 봤다. 다행히 미자는 눈치를 못 챈 것 같았다.

"창피한 줄은 알아서. 꼼짝 말고 여기서 기다려! 만일 달아나면 오줌싸개라고 동네방네 소문내고 다닐 거야. 알았어?"

엄마가 봉달이의 귀에 낮게 속삭였다. 봉달이는 고개를 끄덕일 수밖에 없었다. 미자의 귀에 간밤에 오줌을 쌌다는 사실이 들어가면 곧장 온 동네에 쫙 퍼질 터였다.

엄마는 우물가 옆의 가마솥에다 물을 붓고 불을 지폈다. 봉달이는 미자가 얼른 갔으면 하고 기대했지만 미자는 봉달이의 기대를 비웃기라도 하듯 떠나지 않았다.

아궁이에 장작을 넣은 뒤에 엄마는 우물로 내려가 빨래를 시작했다. 잠시 후 엄마는 봉달이를 불러 이불 홑청을 발로 밟으라고 시켰다. 죽을 맛이었지만 봉달이는 엄마가 시키는 대로 따라야만 했다.

빨래를 하는 동네 아주머니들은 잠시도 입을 쉬지 않았다. 봉달이는 입을 꾹 다물고 이불 홑청을 밟았다.

"사람을 죽였으면 책임을 져야지. 경찰이라고 오리발이여?"

미자 엄마가 퉁명스럽게 말했다.

"검은개와 노랑개들이 설쳐 불안해 죽겠다니까."

부뜰이 엄마가 말했다. 검은개와 노랑개? 봉달이는 무슨 뜻인지 몰라 궁금해졌다. 궁금한 게 많아서 먹고 싶은 것도 많다고 엄마한테 늘 혼나면서도 봉달이는 호기심이 발동하면 참지 못했다.

"엄마, 검은개는 어떤 개고, 노랑개는 어떤 개야?"

봉달이가 이불을 밟으며 엄마한테 물었다.

"너는 몰라도 돼!"

엄마가 야멸차게 대답했다. 봉달이는 입을 삐죽 내밀었다.

"바보야. 검은개는 경찰이고 노랑개는 군인이야. 그것도 몰랐냐? 어우, 바보."

미자가 느닷없이 잘난 척을 했다. 신경질이 확 났다. 입이 싸니까 어디서 주워들은 것도 많겠지. 봉달이는 미자를 향해 주먹을 들어 보였다.

"엄마, 봉달이 봐!"

미자가 재빠르게 고자질을 했다. 미자 엄마보다 먼저 엄마가 봉달이를 쳐다봤다.

"너, 이놈!"

엄마가 눈을 흘겼다. 봉달이는 얼른 주먹을 내렸다.

'나중에 두고 보자.'

"요번에 총파업 투쟁을 한다는데 물질[10]도 파업인가?"

엄마가 미자 엄마한테 물었다.

"몰라."

간단하게 대답한 미자 엄마는 바로 앞에서 옷을 빨고 있는 부순희 누나를 쳐다봤다.

"순희야, 그래도 한 자라도 더 배운 네가 말해 봐라. 알 것 아녀?"

"저도 몰라요."

"아, 배운 사람이 모르면 누가 알아?"

미자 엄마가 빨래 방망이질을 하며 소리를 꽥 질렀다. 봉달이는 미자나 미자 엄마나 모두 오리를 닮았다고 생

10 물질 해녀들이 바닷속에 들어가 해산물을 채취하는 일.

각했다.

“소문으로는 지서도 파업에 동참한다고 하더라고?”

부뜰이 엄마가 입을 열었다. 미자 엄마가 방망이질을 멈췄다.

“검은개 그놈들이? 해가 서쪽에서 뜨겠네?”

“육지 경찰 말고 섬 경찰.”

부뜰이 엄마가 얼른 두어 마디 말을 보탰다.

“그러면 그렇지. 육지 경찰이 파업하겠어? 섬 경찰이야 지 부모형제가 당했으니 당연한 일이고.”

미자 엄마가 중얼거렸다. 엄마가 가마솥으로 가서 뚜껑을 열어 보았다. 하얀 김이 뭉게뭉게 피어올랐다.

엄마는 더운물과 찬물을 섞어 봉달이를 씻겼다. 미자가 보는 앞에서 발가벗겨진 봉달이는 창피해서 쥐구멍이라도 있으면 들어가고 싶었다.

산사람

봉달이는 동네 아이들과 자치기를 했다. 봉달이는 긴 막대로 작은 토막인 메뚜기를 쳐서 허공으로 올렸다.

"이얏!"

허공으로 올라온 메뚜기를 채로 쳤다. 딱, 소리와 함께 메뚜기가 날아갔다. 메뚜기가 날아간 곳에서 본래 자리까지 거리를 채로 재는 놀이였다.

메뚜기가 날아간 곳으로 걸어가는데 탈탈거리는 자

동차 소리가 들렸다. 신작로 쪽을 보니, 자욱하게 먼지가 일고 있었다.

"뭐가 온다!"

봉달이가 소리쳤다. 함께 놀던 아이들이 손으로 이마를 가리고 신작로를 쳐다봤다. 꽁무니로 먼지를 일으키며 달려오는 것은 지프차가 아니었다. 기분이 조금 이상했다. 가만히 보니 신작로에서 먼지를 일으키며 달려오는 차는 경찰 트럭이었다.

공기놀이를 하던 미자가 손을 털었다. 봉달이도 자치기를 멈췄다. 세 대의 경찰 트럭은 당산나무 아래로 곧장 들어왔고, 트럭에서 총을 든 경찰이 줄줄이 뛰어내렸다.

"검은개다!"

미자가 낮게 속삭였다. 검은개? 그렇다면 저들이 육지에서 온 경찰? 육지 경찰이 얼마나 나쁜 짓을 많이 하는지, 봉달이와 아이들은 동네 사람들한테 귀가 닳도록 듣고 들었다. 다리가 후들후들 떨렸다. 봉달이는 당산나무 뒤에 숨어 경찰이 무엇을 하는지 살펴보았다.

마을로 들이닥친 경찰은 집집마다 돌아다니며 청년을 찾기 시작했다. 중학생이나 고등학생은 물론이고 나이가 조금 젊다 싶으면 여자든 남자든 가리지 않고 개머리판으로 두들겨 패며 끌어냈다. 경찰은 끌고 나온 동네 청년들을 당산나무 아래에다 꿇어 앉혔다.

젊은 사람이란 젊은 사람은 모조리 끌려 나오자 동네 사람들이 아우성을 치며 당산나무로 몰려들었다. 심지어는 머리를 다쳐 바보가 되어 입에서 침을 질질 흘리는 현재영도 잡혀 왔다. 딱 한 사람 숙자의 언니인 김숙희만 키가 너무 작아 애초부터 잡히지 않았다.

미자 오빠면서 뒤늦게 학교에 다니는 늙은 중학생 현장호, 고종수의 맏형인 열아홉의 고현수, 야학에 다니는 부뜰이 누나 김애자, 학생도 아니면서 중학생 모자를 쓰고 다니는 수미 오빠 이승철, 동네에서 제일 예쁜 부순희, 바보가 된 현재영과 그 형 현재식 등 마을 청년들이 모두 끌려 나왔다.

경찰은 총구를 들이대고 청년들을 감시했다. 모자에 무궁화꽃 하나를 달고 있는 경찰대장인 듯한 경찰이 담배를 피우며 웃음기 가득한 표정으로 청년들을 유심히 쳐다보았다.

“우리 애는 아무런 죄가 없다니까요!”

미자 엄마가 경찰대장 앞에 나서서 큰아들 현장호를 두둔했다.

“뭐야? 죽고 싶어?”

경찰 하나가 개머리판으로 미자 엄마의 가슴팍을 쳐 버렸다. 미자 엄마가 비명을 지르며 뒤로 벌렁 넘어졌다. 미자가 울음을 터뜨리며 제 엄마한테 뛰어갔다.

“여보시오. 거기 그 아이는 좀 풀어 주시오. 바보요, 바보.”

포수 할아버지가 나서서 헤죽헤죽 웃고 있는 현재영을 가리켰다.

“뭐야?”

험상궂게 생긴 경찰이 개머리판을 들었다가 상대가 늙은 할아버지인 것을 알고 도로 내려놓았다. 경찰대장은 포수 할아버지가 가리킨 현재영을 이리저리 살폈다. 눈도 까보고 따귀도 때려 보았다. 그래도 히죽히죽 웃기만 하자 등짝을 때리며 풀어 주었다.

경찰은 나머지 청년들의 손을 뒤로 묶었다. 무슨 큰 죄를 지은 사람처럼 보였다. 그런 다음 청년들을 짐짝처럼 트럭에 실었다.

동네 사람들이 웅성거리며 트럭으로 다가서자 경찰들이 총구를 겨눴다. 철커덕, 장전하며 몇몇 경찰이 앞으로 나오자 동네는 한순간에 깊은 정적 속으로 가라앉았다. 총 끝에 꽂힌 대검의 칼날이 햇살에 반짝였다. 봉달이는 숨을 죽이고 날카로운 대검을 지켜보았다. 너무 무서웠다.

잡혀간 청년 중에서 고현수는 그날 밤에 바로 석방되어 집으로 왔다. 작은 아빠가 경찰이었기 때문에 풀려난 것이었다. 하지만 나머지 청년은 돌아오지 않았다.

마을에 청년이라고는 바보가 돼 버린 현재영, 경찰 가족이라 석방된 고현수, 유난히 키가 작은 김숙희만 남게 되었다.

현재영은 아이들과 함께 소꿉장난이나 자치기를 하며 당산나무 근처에서 놀았다. 봉달이를 비롯한 아이들은 현재영을 '보바'라고 불렀다. 그래도 재영이는 뭐가 그리도 좋은지 마냥 헤헤거리기만 했다. 어른들은 그런 재영이를 보고 혀를 끌끌 찼다.

아이들은 개머리동산과 베못, 기시내오름을 오가며 날마다 전쟁놀이를 했다. 하루는 배룩오름까지 원정을 가서 총싸움을 했다.

피융, 피융!

봉달이는 나무 권총으로 재영이를 향해 사격했다. 분

명히 맞췄다고 생각했는데도 재영이는 죽지 않고 혀를 날름 내밀었다.

"보바, 넌 죽었어!"

화가 난 봉달이가 재영이한테 가서 발로 정강이를 걷어찼다. 돌아서서 폴짝 뛰던 재영이가 문득 동작을 멈췄다.

"검은개다."

재영이가 낮게 중얼거렸다. 봉달이도 재영이의 시선을 따라 눈길을 돌렸다. 하나, 둘, 셋…… , 헤아려 보니 모두 아홉 명의 검은개가 밭길을 지나가는 게 보였다.

재영이가 살짝 엎드리더니 따라오라고 손짓했다. 봉달이와 종수와 미자도 바닥에 거의 엎드리다시피 해서 경찰 뒤를 멀찌감치 따라갔다. 경찰은 총을 앞에 든 전투 자세로 기시내오름을 지나 이제 막 꽃봉오리가 올라오는 유채꽃밭을 향해 기다시피 다가가는 중이었다.

바로 그때, 유채꽃밭 저쪽에서 '타다다당 , 타다다당'

하는 요란한 소리가 터졌다. 경찰 두 명이 픽 쓰러졌고 동시에 다른 경찰은 땅바닥에 엎드려 꽃밭을 향해서 총을 쏘았다.

꽃밭 저쪽에 있는 사람들은 도무지 모습이 보이질 않았다. 마치 귀신처럼 느껴졌다.

'산사람이다!'

봉달이의 머릿속에 산사람이라는 말이 퍼뜩 떠올랐다. 다시 경찰 한 명이 총에 맞아 쓰러지자 재영이가 박수를 쳤다.

타다다당, 타다다당.

봉달이의 가슴은 쿵쾅거렸고, 입 안은 바싹 말라 갔다. 저게 진짜 총싸움이구나! 그냥 재미로 했던 총싸움이 진짜로 하면 저렇게 피를 흘리며 정말로 죽는구나!

시간이 흐르자 숲속에 숨어서 총을 쏘던 사람들이 점점 이기는 것 같았다. 검은개 네 사람이 피를 흘리며 밭두덕에 쓰러졌다.

불리해진 검은개들은 땅바닥을 기었다. 그러다가 오솔길이 나타나자 총까지 버리고 벌떡 일어나 뛰었다. 검은개들이 멀리 사라지자 저쪽 숲속에 숨어 있던 사람들이 모습을 드러냈다. 사람들은 모두 거지꼴이었다.

"산사람 만세!"

재영이가 벌떡 일어나 만세를 불렀다. 종수가 얼른 재영이의 바지춤을 잡아끌어 옴팡밭 돌담 뒤에 앉혔다.

봉달이는 돌담 사이로 경찰과 싸운 산사람, 거지 비슷한 사람들이 경찰이 버리고 간 총과 식량을 챙기는 것을 보았다. 생긴 꼴로 봐서는 정말 거지가 분명하다고 봉달이는 생각했다.

잠시 후 산에서 내려온 거지들이 배룩오름을 향해 재빠르게 뛰어갔다. 아빠가 말한 산사람이 거지들인가? 거지들이 왜 경찰과 싸우지? 봉달이는 고개를 갸웃거렸다.

참으로 믿을 수 없는 것은 경찰이 거지한테 지는 것이었다. 경찰이라면 당연히 거지한테 이겨야 하는데…….

"우와!"

재영이가 또 소리를 질렀다. 트럭 세 대가 신작로 위에서 달려오고 있었다. 트럭 뒤로 먼지가 구름처럼 피어났다.

유채꽃밭 근처에서 트럭은 멈췄다. 트럭에서 경찰과 청년단이 우르르 뛰어내렸다. 트럭에서 내린 경찰은 네 명의 경찰 시체를 트럭에 실었다. 죽은 경찰을 실은 트럭이 먼지를 일으키며 돌아가자 나머지 경찰은 주변을 샅샅이 수색하기 시작했다.

봉달이와 종수와 미자와 재영이는 그 모습을 멀리서 몰래 지켜보았다. 얼마나 시간이 흘렀을까? 경찰은 대열을 지어 유채꽃밭에서 제일 가까운 마을인 물터진골을 향해 천천히 이동했다.

경찰 속에는 경찰이 아닌 사람도 있었는데 긴 총에 성조기와 태극기를 달고 있는 키 큰 사내도 그중의 하나였다. 봉달이는 그 사내가 괜히 반가웠다. 미군들이 초콜릿을 나눠 줄 때 자주 보았던 얼굴이었다.

어른들은 경찰과 함께 다니는 사람을 서청단원이라고 불렀다. 서청단원은 경찰복이 아닌 노란 옷을 입고 다녔다. 경찰은 총을 들고 있었지만 서청단원은 죽창이나 나무 몽둥이를 들었다.

재영이와 봉달이와 미자는 경찰 몰래 뒤를 따랐다. 경찰이 뒤를 돌아보면 감쪽같이 돌담 뒤로 숨었다.

물터진골에 도착한 경찰과 서청단원은 집집마다 뒤져 사람들을 공터로 끌어냈다. 끌려 나오지 않으려고 질러대는 아우성이 멀리까지 들렸다. 경찰과 청년단은 물터진골 사람들을 마구 패기 시작했다.

몽둥이찜질을 견디다 못해 달아나는 사람까지 있었다. 달아나는 사람을 향해서 총을 쏘았다. 동시에 비명소리가 들리더니 어떤 여자가 땅에 쓰러진 남자를 부둥켜안고 큰 소리로 울었다.

봉달이는 하늘이 무너질 것처럼 슬프게 우는 여자의 울음소리를 똑똑히 들었다. 콧등이 찡하게 울렸다. 재영이는 귀를 막고 머리를 땅에 처박았다.

잠시 후 경찰 하나가 나뭇가지를 가져왔다. 계급이 높아 보이는 사람이 나뭇가지에 불을 붙였다.

"어?"

경찰은 불붙은 나뭇가지를 바로 근처에 있는 초가지붕에다 던졌다. 바짝 마른 띠지붕에 불이 옮겨붙었고 이어서 활활 타기 시작했다.

왜 집에 불을 지르는 거지?

봉달이는 유채꽃밭에 엎드린 채 손톱을 물어뜯었다. 가슴속 저 깊은 곳에서 서늘하면서도 뜨거운 것이 솟구치는 것을 느꼈다.

집이 불타자 끌려 나온 사람들이 울부짖기 시작했다. 노인들은 불타고 있는 집을 향해 뛰어가려고 몸을 일으켰다. 경찰은 노인들마저도 총대로 마구 찍고 때렸다. 차

마 눈 뜨고 볼 수 없는 광경이었다.

"가자!"

재영이가 봉달이의 뒷덜미를 잡아 일으켰다. 봉달이는 다리가 떨려 일어설 수가 없었다. 재영이가 힘으로 봉달이를 잡아끌었다. 재영이의 눈에서 굵은 눈물이 쏟아지고 있었다.

검은개와 노랑개

봉달이와 미자가 물터진골에서 보았던 일을 마을에 전했다. 마을은 술렁거렸다.

남자 어른들은 당산나무 아래 쪼그리고 앉아 서로 얘기를 나누었다. 여자 어른들은 치맛자락으로 눈물을 찍어 내며 한숨만 내쉬었다. 당장 이사를 가자고 주장하는 사람이 나오자, 어디로 이사를 가느냐며 반대하는 사람도 나왔다. 그사이에도 미자와 부뜰이는 찌그락거리며 다퉜다.

해가 떨어지도록 말만 많았지 뾰족한 대책이 나오질 않자 모두 뿔뿔이 흩어졌다. 아빠의 손을 잡고 집으로 가면서 봉달이는 생각에 잠겼다.

경찰은 무슨 이유로 물터진골을 몽땅 불태웠을까? 아빠는 그 이유를 알까? 어른들은 왜 진짜로 사람을 죽일까? 정말 알 수 없는 노릇이었다.

"젊은 남자는 다 죽인다는데, 당신도 몸을 피해야 하지 않겠어요?"

저녁을 먹고 난 뒤에 엄마가 걱정스러운 눈길로 아빠한테 말했다.

"마을마다 젊은 남자는 다 끌고 갔대요."

엄마가 아빠의 눈치를 살피며 다시 한마디를 보탰다.

"왜놈들보다 더 독한 것들이야. 아주 징헌 놈들이야. 아주 징해."

아빠가 침울하게 말했다. 엄마는 한숨을 내쉬었다.

"제주도 남자라면 육지 놈들이 무조건 닦달부터 하니까 걱정이에요. 당신은 더구나 삼대독자인데……."

엄마가 걱정했다.

"근데, 아빠."

봉달이는 아까부터 궁금해서 미칠 뻔한 이야기를 물어볼까 말까 망설였다. 봉달이는 자신도 모르게 손톱을 깨물었다.

"뭔데?"

"아까, 물터진골, 경찰들이 집을 모두 불 질렀는데, 왜 그러는 거예요?"

"응, 그건……."

아빠는 빨리 대답하지 못했다. 고개를 들고 천장을 바라보며 생각에 잠겼다.

"말해 줘도 너는 잘 몰라."

기어이 어른들이 잘 쓰는 대답이 아빠의 입에서 튀어나왔다. 손톱을 깨물고 있던 봉달이는 더 세게 깨물었다.

"아야!"

봉달이는 자신도 모르게 비명을 질렀다.

"너 뭐하는 거야? 세상에 이런! 손톱에서 피가 나네."

엄마가 노려보며 봉달이의 손을 가져가 입으로 호호 불었다.

"손톱이 이게 뭐야? 얼마나 물어뜯었으면 다 망가졌네. 하이고, 엄지가 엉망이야 엉망!"

봉달이의 등짝을 손바닥으로 때리며 엄마가 소리 질렀다.

"그 버릇 참 고약하네. 그거 고쳐야 하는데, 쯧쯧."

아빠도 옆에서 거들었다.

"손톱이 이게 뭐야, 응?"

엄마의 닦달에 봉달이는 고개를 흔들었다. 봉달이도 손톱을 깨무는 게 싫었다. 하지만 자신도 모르게 물어뜯고 있는 것은 어쩔 수 없었다.

"늦었다. 어서 가서 자."

봉달이는 손톱을 깨물며 일어섰다.

"또, 또, 손!"

엄마의 꾸지람에 봉달이는 얼른 손을 뺐다.

왜 경찰들이 물터진골에다 불을 질렀을까? 봉달이는 큰 방에서 나오자마자 다시 엄지손톱을 물어뜯었다.

다음 날 아침, 집 안이 고요했다. 너무 조용해서 은근히 무서웠다. 엄마는 한마디 말도 없이 밥상을 차렸다. 엄마의 눈은 퉁퉁 부어 있었다.

"아빠는 어디 갔어?"

밥상에 아빠의 밥이 없는 것을 보고 봉달이가 물었다.

"읍내 가셨다."

봉달이는 그런가 보다 하고 밥을 먹었다. 밥을 다 먹은 뒤에도 엄마는 넋을 놓고 앉아 먼산만 바라보았다. 엄마의 눈 속에는 근심이 그득했다.

봉달이는 엄마의 눈치를 보다가 당산나무로 갔다. 기

분이 이상했다. 마을 전체가 조용했다. 게다가 남자 어른들의 모습이 아예 보이질 않았다.

여자 어른들은 거의 모두 엄마처럼 눈이 퉁퉁 부어 있었다. 포수 할아버지도 당산나무 옆에 쪼그리고 앉아 곰방대만 빨았다. 봉달이는 아이들과 함께 숨바꼭질을 하며 놀았다.

점심 무렵이 되어 슬슬 배가 고팠다. 입이 심심하니까 뭔가를 잡자고 종수의 사촌인 영수가 말했다.

영수의 말에 바다에 가서 조개를 줍든지 굴을 따자는 애들과, 가재나 개구리를 잡으러 가자는 애들로 편이 나누어졌다.

바다는 너무 멀었다. 가는 동안에 다른 마을을 지나야 하는데 그 마을 애들이 텃세를 부리며 괴롭히는 게 싫었다. 봉달이는 가재를 잡는 쪽에 줄을 섰다. 재영이도 가재를 잡겠다고 나섰다.

당산나무 아래를 떠나 가재를 잡으려고 가는데 마을

로 경찰이 들이닥치는 게 보였다. 재영이가 "검은개다, 검은개가 왔다."라고 소리를 꽥꽥 내지르며 마을로 뛰어갔다. 봉달이도 집으로 뛰어갔다.

올레[11]를 거쳐 마당으로 들어선 봉달이는 손을 무릎 위에 올리고 구부정하게 섰다. '하아~ 하아~' 하며 턱밑까지 차오른 숨을 간신히 다스렸다.

"왜?"

물질 채비를 하던 엄마가 물었다.

"거, 검은개, 검은개가 왔어!"

봉달이의 말에 엄마의 얼굴이 삽시간에 굳었다. 엄마가 물질 도구를 마당에 내려놓고 쪽마루에 걸터앉았다. 이때 미자 엄마가 테왁망사리[12]를 들고 마당으로 들어섰다.

11 올레 큰길에서 집 마당과 연결된 작은 골목.

"검은개들이 마을에 들이닥쳤다는데 어째야 하나?"

엄마가 미자 엄마를 보고 말했다.

"아이쿠! 또 왔어? 정말 못 살겠네, 못 살아!"

미자 엄마가 테왁망사리를 마당에 던져 놓고 쪽마루에 앉았다. 엄마는 반대로 일어서서 물안경, 빗창[13], 종게호미[14]와 테왁망사리를 챙겼다.

"어서 물질이나 나가더라고. 남자든 여자든 그놈들한테 걸려봤자 좋은 일이 하나도 없으니까. 어서!"

엄마의 말에 미자 엄마가 끄응 소리를 내며 일어섰다.

"그놈들 들이닥치기 전에 어서 가자고. 안 보는 게 속

12 **테왁망사리** 테왁은 박의 씨를 파내고 구멍을 막는 것으로 그물처럼 엮은 망사리와 연결하여 바다에서 작업할 때 몸을 얹어 쉴 수 있으며 채취한 해산물을 넣는 것.

13 **빗창** 길쭉한 쇠붙이로 전복을 떼어 낼 때 사용.

14 **종게호미** 해조류를 캘 때 사용.

이 편하지. 일단 마을 뒷길로 가세. 어서!"

엄마는 미자 엄마의 등을 올레 쪽으로 밀었다. 봉달이는 엄마보다 먼저 올레로 달려나가 정낭[15]께로 갔다. 고개를 쭉 내밀고 고샅길을 살폈다.

고샅길 끝에 경찰의 모습이 언뜻 비쳤다. 경찰은 집집마다 들어갔다 나오며 사람들을 끌어내고 있었다. 무서웠다. 가슴이 벌렁벌렁 뛰었다.

만일 엄마가 고샅길에 모습을 드러낸다면 영락없이 잡혀갈 것만 같았다. 뒤에서 엄마의 발걸음 소리가 들렸다. 봉달이는 돌아서서 두 팔을 활짝 벌리고 고개를 흔들었다. 봉달이의 모습을 보고 엄마는 얼른 마당 쪽으로 돌아섰다.

15 정낭 제주도 전통 가옥에서 대문 대신 걸쳐놓는 기다란 나무. 하나가 걸쳐 있을 때는 집안사람이 가까운 곳에 있으며, 두 개일 때는 한참 있다가 돌아오며, 세 개일 때는 저녁 무렵에야 돌아온다는 표시이다.

봉달이와 엄마와 미자 엄마는 돗통시 쪽에서 담을 넘어 집을 빠져나왔다. 버들못 쪽으로 빙 돌아서 마을을 빠져나온 엄마와 봉달이는 먼발치에서 당산나무를 보며 그제야 안도의 한숨을 내쉬었다.

당산나무 아래서는 검은개가 동네 사람을 모아 놓고 큰 소리로 협박하고 있었다.

"휴우, 우리도 가 봐야 하는 거 아닌지 몰라?"

미자 엄마가 한숨을 내쉬며 말했다.

"가 봐야 무슨 소용이 있겠어요. 일단 몸을 피하고 봐야지요. 세상에! 무슨 죄를 지었길래 이렇게 쫓기고 살아야 하나……."

엄마가 봉달이를 가슴에 품으며 말했다.

"여우를 피하니 호랑이를 만난다고 하더만 딱 그 짝이네. 어떻게 양놈들이 일본놈들보다 더 해?"

미자 엄마가 옷자락으로 눈물을 찍어 냈다.

엄마가 손차양으로 눈을 가리고 당산나무 아래를 살

폈다. 봉달이도 까치발로 동네를 쳐다봤다.

"여기 있어 봤자 들키면 경이나 칠 테니 어서 바다로 가자고."

미자 엄마가 엄마의 손을 잡아끌었다. 엄마는 자꾸만 뒤를 돌아보며 미자 엄마가 이끄는 대로 걸었다.

"엄마, 오늘도 문어 잡을 거야?"

엄마한테 물었다. 봉달이는 문어가 먹물을 찍 뿜는 게 무지 신기했다. 얼마나 힘이 센지 꽃게를 단숨에 부숴 버리기도 했다.

"있으면 잡고, 없으면 못 잡고."

엄마가 힘이 하나도 없는 목소리로 대답했다. 봉달이는 맥이 빠진 듯한 엄마를 보니 무척이나 안타까웠다.

"히히, 나도 데려가 줘, 히히."

언제부터인지 재영이가 폴짝폴짝 뛰며 나타났다.

"보바! 너는 안 돼! 위험해, 바다에 빠져."

봉달이는 점잖게 재영이를 나무랐다. 엄마가 피식 웃

었다. 재영이가 주머니에 손을 넣더니 뭔가를 꺼냈다.

"이거 줄게 나도 데려가 줘라, 응?"

재영이가 내민 것은 때가 묻다 못해 아예 새까매진 눈깔사탕이었다. 비록 때가 시커멓게 묻었지만, 눈깔사탕을 보니 군침이 돌았다. 봉달이는 고양이가 새앙쥐를 덮치듯 재영이의 손에 있는 눈깔사탕을 움켜쥐었다.

"엄마, 보바도 데리고 가자."

"우헤헤!"

재영이는 엄마의 허락이 떨어지기도 전에 깡충깡충 뛰며 앞서 걸었다. 엄마는 재영이를 보고 혀를 끌끌 찼다.

물에 빠진 성조기

엄마와 미자 엄마가 물질 옷으로 갈아입고 출렁거리는 파도를 향해 걸어갔다.

봉달이와 재영이는 엄마가 피워 놓은 불턱[16]에 앉아 모닥불을 쬐며 엄마를 바라보았다. 엄마가 바닷속으로

16 불턱 해녀가 물질을 하고 나와 불을 피워 쉬거나 옷을 갈아입는 곳.

들어가자 재영이가 벌떡 일어섰다. 봉달이도 덩달아 일어서서 엄마를 찾았다. 엄마가 바닷속으로 들어간 자리에는 파도만 넘실거렸다.

재영이는 코를 감싸 쥐고 바다를 보고 있었다. 왜 그러는지 봉달이는 알고 싶지도 않았다. 재영이는 바보라서 그러는 거라고 생각했기 때문이었다.

바다에는 물질하는 해녀들이 꽤 많았다. 해녀들은 바다에서 뭔가를 잡아 올라오면 휘이이, 휘이이 휘파람을 길게 불었다. 마치 휘파람새가 노래를 하는 것처럼 들렸다.

바다에서 나온 해녀들은 물을 뚝뚝 흘리며 불턱으로 왔다. 사월이었지만 여전히 바람은 쌀쌀했고, 바닷물에 손을 담그면 손끝이 시리고 아팠다. 입술이 파래진 해녀들은 몸을 떨면서 불턱에 앉아 더운물을 마셨다. 재영이는 갈매기를 쫓아 해안가를 이리저리 뛰어다녔다.

"세상에! 그 소문 정말이야?"

"무슨 소문?"

"읍내 시장통에서 바느질하는 과부 있잖아?"

"그이가 왜?"

"신랑이 만주에서 전사한 뒤에도 홀시엄씨 모시고 잘 산다고 칭찬이 자자했는데, 왜?"

"청년단 놈들한테 보쌈을 당한 다음 날 목을 맸다네."

"세상에, 세상에! 저런, 저런!"

"그런데 그놈들은 어디서 온 놈들이여?'

"아, 이북에서 쫓겨 내려왔다고들 합디다. 검은개들보다 나쁜 짓을 더 하고 다닌다니까."

"빨갱이를 잡으러 다닌다며?"

"그놈들은 우리 제주 사람들을 다 빨갱이라고 하더만."

"빨갱이는 뭐고, 노랭이는 뭐야. 왜 우릴 못 잡아먹어서 난리야!"

"귀신들은 뭐 하는지 몰라, 그런 놈들 안 잡아가고."

봉달이는 수다를 들으며 불턱에서 익어가는 주먹만 한 조개를 쳐다보고 있었다. 벌어진 껍질 속에서 흰 거품이 부글부글 끓어올랐다.

봉달이는 해녀들의 수다를 도무지 알아들을 수가 없었다. 한참을 뛰던 재영이가 갑자기 멈춰 서더니 돌하르방처럼 우뚝 섰다. 봉달이와 해녀들은 재영이의 시선이 향하고 있는 곳으로 고개를 돌렸다.

해변 옆으로 좁다랗게 이어지고 있는 작은 신작로에 두 명의 낯선 남자가 느릿느릿 걸어오고 있는 게 보였다. 해녀 하나가 손가락을 세워 입술에 댔다.

"쉿, 호랑이도 제 말하면 온다더니."

해녀들은 순식간에 입을 다물고 주변에 있던 물질 도구들을 챙기기 시작했다. 신작로를 걷던 유난히 옆으로 째진 뱁새눈에다 키가 껑충한 사내와 키 작은 사내가 걸음을 멈추고 불턱과 해녀들을 바라보고 있었다. 키 큰 사내는 성조기와 태극기를 매단 목총을 어깨에 척 걸치고 있었다.

"우헤헤."

갑자기 재영이가 돌을 주워 물구덩이에다 던지며 키득거렸다.

"순이 너는 일루 들어와."

제일 나이 많은 해녀가 제일 어려 보이는 해녀를 무리 한가운데로 들어오라고 손짓했다. 순이라는 이름의 해녀는 얼굴을 폭 숙였다.

그사이에 제일 나이 많은 해녀가 붙턱에 있는 숯검정을 집더니 침을 바른 손가락 끝에 묻혔다. 그리고는 순이의 얼굴에다 검정 칠을 해 버렸다. 예쁜 얼굴이 삽시간에 못난 얼굴로 변했다.

재영이는 무엇이 그리도 좋은지 오름으로 올라가는 토끼처럼 깡충깡충 뛰었다. 그러다가 엉덩이를 까고 오줌도 눴다. 해녀들은 그저 고개를 푹 숙이고 불턱에 옹기종기 모여 있을 뿐이었다.

"저놈이 바로 칠복이여."

누군가가 낮게 소곤거렸다.

"누구?"

"키 작고 못되게 생긴 놈 말이여."

"왜놈 빼드렁니 비위나 맞추고 살더니 지금은 서청단에 들어가 양놈 큰 코나 핥고 사는 놈."

"제 버릇 개 줄까?"

"쉿, 조용. 일루 오네."

잠시 후, 칠복이란 사내가 촐랑거리며 해안으로 성큼 들어섰다. 키 큰 사내는 신작로에 가만히 서 있었다. 칠복이가 어서 오라고 방정맞게 마구 손짓했다. 키 큰 사내가 불턱을 향해 천천히 걸어왔다. 칠복이가 촐랑거리며 해녀들의 망사리를 뒤졌다.

"에또……, 해삼, 멍게, 전복까지. 에또……, 이 망사리 주인 누구야?"

칠복이가 망사리를 들고 해녀들한테 물었다. 순이가

움찔 놀라며 손을 들려고 하자 나이 많은 해녀가 얼른 순이의 손을 잡았다.

"제 것이오만."

"에또……, 여기 있는 전복은 모두 압수! 에또……. 빨갱이들을 몰아내기 위해 밤낮으로 애쓰시는 대장님을 위해 드리는 거니까. 에또……, 영광으로 알도록!"

칠복이가 자못 엄숙하게 말했다. 그러자 순이는 아예 눈을 감아 버렸다. 키 크고 거무튀튀한 대장이라는 사내는 입도 벙긋하지 않고 무서운 눈길로 말없이 해녀들을 둘러보았다. 해녀들은 서로 손을 꼭 잡고 있을 뿐이었다.

봉달이도 덩달아 숨도 제대로 쉬질 못했다. 그때 엄마가 바다에서 나와 봉달이의 손을 꼭 잡아 주었다.

해녀들은 모두 입을 꾹 다물었다. 칠복이가 다른 망사리에서도 전복만 골라 담기 시작했다. 한참 전복을 고르고 있는데 재영이가 등 뒤에 뭔가를 숨겨 칠복이 뒤로 살금살금 다가왔다. 재영이는 실실 웃음을 날리며 다가

가더니 칠복이의 얼굴에다 미역줄기를 철퍼덕 던져 버렸다.

졸지에 습격을 당한 칠복이가 물웅덩이에 엉덩방아를 찧었다. 목총 끝에 달려 있던 성조기도 바닷물에 젖고 말았다. 해녀들이 까르륵 웃었다, 봉달이도 크게 웃었다.

"웃지 마!"

얼굴에서 미역을 걷어 낸 칠복이가 화를 벌컥 냈다. 해녀들의 웃음소리가 일시에 뚝 멈췄다. 칠복이는 바지에 오줌을 싼 것처럼 엉기적엉기적 걸었다. 그 모습을 본 봉달이는 도무지 웃음을 참지 못하고 웃음보를 크게 터뜨렸다.

"웃지 마! 어디 있어, 이 녀석!"

칠복이는 헤헤거리며 웃고 있는 재영이한테 가더니 발로 배를 세게 차 버렸다. 재영이는 그대로 쓰러졌다. 바위로 떨어진 재영이의 머리에서 피가 흘러내렸다. 저러다 재영이가 죽는 것이 아닌가 싶어 봉달이는 가슴을

졸였다.

칠복이는 계속 재영이의 배를 걷어찼다. 재영이는 신음소리도 내지 못하고 새우처럼 몸을 구부렸다. 재영이가 불쌍해서 봉달이는 울었다.

“여보시오! 아무것도 모르는 애한테 너무하지 않소!”

나이 많은 해녀가 벌떡 일어나 칠복이한테 따졌다. 칠복이가 입을 딱 벌렸다.

“이 여자가…….”

칠복이는 그 해녀한테 성큼성큼 다가오더니 냅다 따귀를 쳐 버렸다. 그러자 해녀의 코에서 피가 주루룩 흘렀다. 순간 해녀들이 벌떡 일어났다.

“어머니 같은 분한테 이럴 수가 있어요?”

엄마가 앞에 나서서 따졌다. 그러자 칠복이는 입에 게거품을 물고 엄마한테로 왔다. 봉달이는 엄마의 손을 꽉 잡았다. 엄마도 손아귀에 힘을 주었다.

해녀들도 엄마 주위로 몰려들었다. 손에는 굴이나 전

복을 따던 갈고리가 들려 있었다. 칠복이가 엄마를 향해 주먹을 쳐들었다. 봉달이는 눈을 감았다.

"칠복아!"

대장이라는 사내가 낮고 엄숙한 목소리로 칠복이를 불렀다.

"멸공!"

칠복이가 우렁차게 대답했다. 봉달이는 눈을 떴다. 칠복이는 대장 앞에 차려 자세를 취하고 있었다.

"민폐를 끼치면 되나? 그만 가자!"

"그렇지만 이것들이 겁대가리 없이……."

칠복이가 도무지 분을 참지 못하겠다는 표정으로 대장을 바라봤다. 봉달이는 침을 꿀꺽 삼켰다.

"그냥 가자니까!"

꺽다리 대장이 소리를 버럭 질렀다. 그러자 칠복이는 재빨리 차려 자세를 취했다. 대장은 물에 빠진 성조기를 들고 바다를 떠났다. 엄마는 얼른 재영이한테 달려갔다.

"괜찮아?"

엄마가 재영이의 몸을 살피며 물었다.

"히히!"

재영이는 머리에 피를 흘리면서도 뭐가 그리 좋은지 히죽히죽 웃었다.

찔레꽃 덤불

봉달이는 종수, 재영이, 부뜰이, 미자, 수미와 함께 기시내오름을 지나 숲으로 갔다.

도랑에서 가재를 잡거나, 종달새 둥지에 있는 뻐꾸기 알을 줍거나, 운이 좋으면 꿩 알도 찾을 수 있었다. 아이들은 룰루랄라 노래를 부르며 숲을 향해 걸었다. 어른들의 총싸움 때문에 아주 멀리 갈 수는 없었다.

나무가 울창한 숲은 어두침침했고 으스스했다. 좁다

란 오솔길을 따라가다가 가시에 얼굴을 긁히기도 했다. 가끔 찔레순을 따 먹었다. 새로 막 돋아나는 순을 잘라 껍질을 벗기고 깨물면 달착지근한 물과 향이 입안 가득 퍼졌다.

한참 숲속을 헤매다가 작은 도랑을 만났다. 재영이와 봉달이는 도랑에서 가재를 잡기로 했다. 재영이와 봉달이는 돌멩이를 하나씩 들추며 가재를 찾았다.

"아야!"

재영이가 비명을 질렀다. 봉달이가 보니, 재영이의 손가락에 가재가 달려 있었다. 가재의 집게발이 재영이의 손가락을 꽉 잡고 놓아 주지를 않았다. 재영이는 폴짝폴짝 뛰었다.

그러는 순간 가재가 툭 떨어지더니 부리나케 돌멩이 아래로 달아났다. 가재는 꼬리를 움직여 뒤로 헤엄쳐 갔다. 무지 빨랐다.

봉달이는 조심스럽게 다른 돌멩이를 들췄다. 큼직한

가재가 만세를 부르는 것처럼 집게발을 세우고 싸울 태세를 갖추고 있었다. 봉달이는 피식 웃었다. 봉달이는 가볍게 가재의 등을 잡아 집어 올렸다. 가재는 생각보다 컸다.

"우와!"

봉달이의 입에서 탄성이 터졌다. 가재의 꼬리에는 하얀 밥알처럼 생긴 가재 알들이 잔뜩 붙어 있었다.

"우와!"

재영이도 탄성을 질렀다.

"구워 먹을까?"

봉달이가 재영이한테 물었더니 재영이는 고개를 저었다.

"그럼?"

"사, 살려 줘. 애, 애기들이 있잖아."

재영이는 이럴 때면 바보가 아닌 것 같았다. 봉달이는 재준이를 슬쩍 보았다. 재영이가 헤헤 웃었다. 이상한 느낌이었지만 봉달이는 재영이의 말대로 어미 가재를 놓아주었다. 가재는 재빠르게 돌멩이 아래로 몸을 숨겼다.

도랑에는 가재뿐만 아니라 개구리도 있었다. 개구리를 잡아 놀고 있는데 노루 한 마리가 후다닥 소리를 내며 뛰어가고 있었다.

"잡아라!"

종수와 부뜰이가 노루를 쫓아 뛰어갔다. 재영이와 봉달이도 개구리를 놓아주고 노루를 쫓아가기 시작했다.

그러나 몇 걸음 가지도 않았는데 노루도 종수도 부뜰이도 보이지 않았다. 재영이마저 보이지 않았다. 숲에 혼자 남겨졌다고 느낀 순간 무서움이 몰려왔다. 머리카락이 거꾸로 서는 느낌이었고 팔뚝에는 소름이 돋았다.

어두운 숲 저쪽에서 다리 없는 귀신이 '내 다리 내놔라! 내 다리 내놔라!' 하면서 튀어나올 것만 같았다.

"보바야! 형아!"

봉달이는 울기 시작했다. 그러나 아무도 나타나질 않

았다. 봉달이는 숲속을 헤매고 다녔다.

푸드덕!

바로 옆의 나무에서 장끼가 날아가는 소리에도 봉달이는 흠칫 놀라 더욱 크게 울었다. 가도 가도 숲은 끝이 없었고 오솔길도 보이질 않았다.

"엄마, 아빠!"

봉달이는 나무 그루터기에 앉아 엄마와 아빠를 부르며 울었다. 더이상은 걸어갈 힘도 남아 있질 않았다.

"봉달아!"

한참을 울고 있는데 귀에 익은 목소리가 들렸다. 아빠 목소리였다. 봉달이는 벌떡 일어나서 주변을 살폈다.

"봉달아, 여기."

소리 나는 쪽으로 고개를 돌리고 유심히 살폈더니 찔레 덤불 속에서 아빠가 손짓을 하고 있었다.

"아빠!"

봉달이는 아빠가 너무 반가워 더욱 크게 울었다.

"쉿!"

아빠가 손가락을 입술에다 세우며 조용히 하라는 신호를 보냈다. 봉달이는 울음을 뚝 그쳤다. 봉달이는 찔레 덤불을 헤치고 아빠의 품에 안겼다. 아늑하고 따뜻했다.

아빠는 봉달이를 데리고 찔레 덤불 뒤로 가서 풀더미를 걷어 냈다. 풀더미 뒤에 좁다란 구멍이 보였다. 아빠가 먼저 좁다란 구멍 속으로 들어가 봉달이를 안아 내렸다. 안으로 들어가니 당산나무 앞 공터처럼 넓은 공간이 나타났다.

호롱불 하나가 동굴 안에서 흔들리고 있었고 박쥐들이 찍찍거리며 날아다녔다. 동굴 안에는 미자 아빠, 부뜰이 아빠, 수미 아빠를 비롯한 남자 어른들이 쪼그리고 앉아 있거나 불편하게 누워 있었다. 박쥐들이 무서웠지만 아빠 곁에 찰싹 달라붙어 있으니 조금은 안심이었다.

"봉달이구나."

미자 아빠가 봉달이의 머리를 쓰다듬어 주었다. 아빠

는 봉달이한테 미숫가루를 타 주었다. 정말 꿀맛이었다.

봉달이는 아빠의 무릎을 베고 있다가 곧 잠에 빠져들었다. 얼마나 잤을까? 춥고 떨려서 눈을 떴다.

"아빠, 추워요."

봉달이가 말하자 아빠가 윗옷을 벗어 덮어 주었다. 봉달이는 아빠의 옷을 이불 삼아 다시 선잠에 빠져들었다. 그런데 사람들이 말하는 소리가 웅얼웅얼 들려 곧 잠에서 깼다.

"아이고, 언제나 이 난리가 끝나나? 밭일 논일도 잔뜩 밀려 있고, 자리돔 물때도 바로 코앞인데."

"우리 섬사람이 무슨 죄가 있어? 육지에서 온 놈들은 제주 말을 모르니까 그저 때리고 죽이고 본다니까. 사람 취급을 안 해."

"좌우 어느 곳에도 휩쓸리면 안 돼."

"좌우가 뭐여? 서청놈들과 검정개들은 남자만 보면 죽이는데."

"아무튼 5월 10일 선거 때까지만 이렇게 있읍시다."

아빠가 입을 열었다.

선거가 뭐람? 어른들은 너무나 자주 어려운 말을 썼다. 봉달이는 심심해 죽을 지경이었다. 호롱불도 하나뿐이라 동굴 안은 아주 어두웠다.

봉달이는 아빠한테 집에 가자고 자꾸만 졸랐다. 봉달이가 하도 칭얼거리자 아빠가 일어섰다. 아빠의 손을 잡고 동굴을 나오니 하늘엔 보름달이 두둥실 떠 있었다. 아빠는 봉달이를 업고 숲속을 빠져나왔다. 아빠의 등은 넓고 따뜻했다.

동굴수색

물터진골에 이어 하늘골도 경찰이 불태웠다는 소문이 마을로 전해졌다. 오래지 않아 굇들으에도 총칼로 무장한 검은개와 노랑개가 들이닥칠 것이라고 남아 있는 여자 어른들이 저마다 한 마디씩 보탰다.

봉달이는 개머리동산에서 놀다가 배가 고파 집으로 왔다. 엄마가 부엌에서 무언가를 하고 있었다. 부엌으로 들어가 보니 아주 고소한 냄새가 풍겼다.

"엄마 뭐 해?"

봉달이는 침이 고이는 것을 느끼며 엄마한테 물었다.

"응, 미숫가루 만들어."

엄마가 주걱으로 솥 안의 쌀을 이리저리 휘저으면서 대답했다. 침이 꼴깍 넘어갔다. 며칠 전 동굴 속에서 아빠가 타 준 미숫가루 생각이 났다.

"아빠한테 가려고?"

"너!"

엄마가 때릴 듯이 주걱을 치켜들고 무섭게 노려보았다. 봉달이는 깜짝 놀라 뒤로 주춤 물러섰다.

"엄마가 뭐라 그랬어? 아빠 얘기는 절대 꺼내지 말라고 그랬지? 그랬어, 안 그랬어?"

눈앞에서 주걱이 왔다갔다 했다.

"그랬어요."

"그런데 왜 입에 올려?"

엄마의 눈 속에는 커다란 불꽃이 들어있는 느낌이었

다. 무서웠다.

“잘못했어요.”

봉달이는 풀이 죽어 대답했다.

“앞으로는 절대로 아빠의 ‘아’도 꺼내지 마! 알았어?”

엄마의 몸에서 찬바람이 쌩쌩 불었다.

“네.”

봉달이는 기어드는 목소리로 대답하면서 미숫가루 얻어먹기는 다 틀렸다고 생각했다.

“그럼 나가 있어.”

엄마가 주걱으로 솥 안의 쌀을 퍼낸 뒤 콩을 집어넣었다. 봉달이는 잘 볶아진 쌀이 먹고 싶어 그 자리에 가만히 서 있었다.

조금 지나자 콩 튀는 소리가 들렸다. 엄마는 주걱으로 부지런히 콩을 저었다. 타닥타닥 콩 볶는 소리를 따라 봉달이의 배에서도 쪼르륵 소리가 났다.

“옜다!”

엄마가 주걱으로 콩을 한 움큼 퍼 주었다. 봉달이는 콩이 너무 뜨거워 옷자락을 펼쳐 콩을 받았다.

봉달이는 부엌에서 뛰어나갔다. 쪽마루에 앉아 볶은 콩을 먹고 있자니 엄마가 볶은 콩과 쌀을 가지고 나와 절구에다 넣고 빻기 시작했다.

한참을 빻으니 노란 가루가 곱게 나왔다. 엄마는 미숫가루를 보자기에 쌌다. 이어서 방에 들어가 요강도 챙기고 다시 부엌 찬장에서 대접 두 개와 젓가락을 챙겼다. 나중에는 이불까지 챙겨 봉달이의 등에 매주었다.

"가자."

엄마가 앞장섰다.

"어디 가?"

봉달이는 이불이 무거워 낑낑거리며 물었다. 엄마의 머리 위에도 큼직한 보따리가 얹혀 있었다.

"묻지 말고 따라와."

엄마가 말했다.

"집에서 나가는 거야?"

봉달이가 다시 물었다.

"묻지 말랬잖아!"

엄마의 화난 목소리에 봉달이는 얼른 입을 합죽이로 만들었다. 집을 떠나려니 기분이 이상했다.

마루 밑의 강아지와 통시의 돼지와 뒤뜰에 있는 닭과 병아리는 어쩐다지? 하지만 엄마는 뒤도 돌아보지 않고 올레로 쑥 나가 버렸다.

고샅길로 나오니 동네 사람들이 보따리를 이고 지고 길을 떠나고 있었다. 봉달이와 엄마도 동네 사람들의 행렬 속으로 들어갔다.

버들못도 지났고 기시내오름도 지났다. 기시내오름에서 배룩오름 쪽으로 조금 더 가니 숲이 나왔다. 포수 할아버지가 앞장서서 숲을 헤치고 나갔다.

미자는 미애를 업었고, 종수는 문수를 업고 걸어갔다. 수미와 숙자는 둘이 붙어서 무슨 얘기를 그리도 재미있

게 하는지 가끔씩 깔깔거리고 웃었다.

마침내 배룩오름 못 미친 숲속에 있는 동굴로 동네 사람들이 꾸역꾸역 들어갔다. 아빠가 있는 동굴은 분명 아니었다.

동굴에 들어가자마자 포수 할아버지가 등잔에 불을 밝혔다. 어두침침한 동굴에 불이 밝혀지자 박쥐들이 찍찍거리며 울었다.

동굴 앞쪽에는 할아버지와 남자애들이 자리를 잡았고 안쪽에는 할머니와 아줌마들과 여자애들이 자리를 잡았다.

처음에는 동굴에서 지내는 것이 재미있었다. 어느 정도 어둠에 익숙해지자 등잔불도 꺼 버렸다. 그러자 어두침침한 동굴에서 놀 수 있는 것은 아무것도 없었다.

부뜰이가 어린 문수와 싸우다가 포수 할아버지한테 된통 혼이 났다. 봉달이와 종수는 미자 놀릴 궁리를 주고받다가 떠들지 말라고 야단을 맞았다. 이제는 말을 하려고 해도 귓속말처럼 소곤거려야만 했다.

시간이 흐르자 미숫가루를 타 먹었다. 오줌은 요강에 응가는 되도록 참으라고 했다.

밤이 되자 사람들은 잠을 자기 시작했다. 하지만 딱딱한 돌에 등이 배겨 무척 아팠다. 게다가 동굴 천장에서 물이 똑똑 떨어져 춥고 떨렸다.

아침이 밝았지만 누구도 동굴 밖으로 나갈 수 없었다. 봉달이와 종수와 부뜰이는 밖으로 나가고 싶어 안달이 났지만 내보내 주질 않았다.

아침에도 또 미숫가루를 타 먹었다. 응가는 동굴 깊은 곳까지 가서 누어야만 했다. 캄캄한 어둠 속에서 침묵의 시간이 길게 이어졌다.

점심에도 미숫가루를 타 먹자 밥이 먹고 싶어졌다. 부뜰이가 아끼고 아껴온 초콜릿을 혼자서 야금야금 먹을 때는 머리가 핑 돌아버릴 지경이었다.

얼마나 많은 시간이 흘렀는지 모른다. 낮에도 잤고 밤

에도 잤다. 사흘쯤 잠만 자고 일어나자 얼굴이 퉁퉁 부었고, 머리가 지끈지끈 아팠다.

어서 빨리 동굴에서 나가고 싶었지만 어른들은 꿈쩍도 하지 않았다. 동굴 안은 축축하고 어두워서 기침을 하는 애들이 많아졌다.

미애와 문수가 먼저 콜록거리기 시작했고, 부뜰이와 미자는 설사를 시작했다. 미숫가루만 먹다 보니까 봉달이도 줄줄이 물똥을 싸댔다.

"으아앙~"

콜록거리던 미애가 울기 시작했다. 미애의 몸은 불덩이였다. 미자 엄마가 아무리 달래도 미애는 울기만 했다. 어른들은 미애가 울자 불안한 얼굴로 혀만 끌끌 찼다.

동굴 안이라 겨우 두 살짜리인 미애의 울음소리만으로도 동굴 안은 쩌렁쩌렁 울렸다.

"야, 보말 먹고 싶지 않냐?"

종수와 나란히 앉아 봉달이가 물었다. 보말은 너무 시

시해서 잘 먹지도 않던 거였다.

"난 보리떡."

보리떡은 먹을 게 없고 배가 무지 고팠을 때나 먹는 음식이었다. 하지만 미숫가루만 먹고 있자니 그 맛없는 보리떡도 무척이나 그리웠다.

"쉬잇~!"

포수 할아버지가 손가락을 세워 입을 가렸다. 미애는 여전히 울고 있었다. 포수 할아버지는 서둘러 입구를 가시덤불로 덮고 또다시 돌멩이로 막았다.

"콜록콜록!"

종수의 동생 문수가 자지러지게 기침을 시작했다. 모두 문수와 미애를 걱정스러운 얼굴로 쳐다봤다.

"기침 때문에 떼죽음 당하고 싶어? 입을 막아!"

포수 할아버지가 말했다. 모두 말은 안 하고 있었지만 부모들이 알아서 해주기를 간절히 원했다. 울음소리와 기침소리 때문에 떼죽음을 당한다니, 봉달이는 정말 이해할 수 없었다. 어떻게 그럴 수 있지?

미자 엄마가 미애의 입을 이불 끝으로 막았다. 종수 엄마도 문수의 입을 이불로 틀어막았다.

한편, 대검을 꽂은 총을 앞세운 경찰과 청년단이 동굴을 찾아내기 위해 가시덤불을 샅샅이 뒤졌다. 제주도 출신인 칠복이가 일본군 장도를 들고 휘두르며 길을 냈다.

"분명히 이쯤에 있을 텐데……."

칠복이가 중얼거렸다. 뒤에서 따라오던 꺽다리 대장이 말없이 가시덤불 속을 쳐다보았다.

경찰과 청년단은 한 줄로 길게 서서 돌멩이 하나, 풀 한 포기까지 살피며 동굴을 찾았다. 그러다 작은 구멍이라도 나타나면 그곳에다 불을 피워 연기를 넣었다. 연기가 제대로 빨려 들어가면 동굴이 있는 것이고, 아니면 그저 단순한 구멍에 불과했다.

"쉿!"

그때 껑다리 대장이 바닥에 엎드리더니 땅에 귀를 댔다. 잠시 후 땅에서 몸을 일으킨 껑다리는 칠복이를 향해 고개를 끄덕였다.

칠복이는 개머리판으로 귀를 대고 있었던 땅 주위를 쿵쿵 찍었다. 별다른 울림이 전해 오지 않자 칠복이가 고개를 저었다.

몇 걸음 앞으로 전진하자 커다란 바위가 나왔고 그 아래 가시덤불이 자라고 있었다. 칠복이는 가시덤불을 장도로 쳐냈다.

가시덤불이 사라지자 그 안에서 큼직한 돌멩이가 나왔다. 칠복이는 고개를 갸웃하며 돌멩이를 툭툭 쳐보았다.

"느낌이 이상한데. 꼭 여기에 뭔가가 있을 것 같은데……."

칠복이가 혼자 중얼거렸다.

"야, 빨리 가자."

껑다리가 칠복이를 밀었다.

"조금만 더 살펴보고요. 제주도 인간들은 쥐새끼처럼 잘 숨거든요. 여기저기에 하도 동굴이 많아서 숨을 곳도 많고요."

칠복이가 꺽다리를 보고 말했다. 꺽다리는 말없이 고개를 끄덕였다.

'쥐새끼'라는 칠복이의 말을 듣고 포수 할아버지의 수염이 파르르 떨렸다. 숨을 죽이고 앉아 있던 사람들은 포수 할아버지의 눈치만 살폈다. 포수 할아버지는 구식 사냥총을 쥐고 동굴 입구를 뚫어져라 쳐다보았다.

동굴 밖에서 수색 작전을 펼치고 있는 경찰과 청년단의 말소리가 두런두런 들리자 동네 사람들은 사색이 되어 벌벌 떨었다.

"아, 이쯤에 동굴이 분명히 있는 걸로 알고 있는데. 귓들으 출신 경찰이 있을지도 모르니까 한번 물어보죠?"

칠복이의 말이 이제는 아주 또렷하게 들렸다. 총을 움켜쥔 포수 할아버지의 손이 부르르 떨렸다. 귓들으 출신 경찰이라면 종수의 작은 아빠인 고춘복이었다.

고춘복은 일제 때 지서에서 심부름하는 급사를 하다 미군이 들어오자 순경으로 진급했다. 사람들은 종수 아빠와 엄마를 번갈아 쳐다봤다.

만일 고춘복이 동굴 입구를 알려 주면 떼죽음을 당할 수도 있었다. 종수 아빠는 무릎에 얼굴을 묻었다.

"고춘복! 고춘복!"

누군가가 고춘복의 이름을 큰 소리로 부르는 소리가 들렸다. 잠시 후 저벅저벅 군화 소리가 울렸다. 종수 엄마는 문수의 입을 더욱 세게 막았다.

"자네가 고춘복인가?"

누군가가 물었다.

"네, 그렇습니다만."

고춘복이 대답했다.

"꿧들으 출신이라며?"

다시 물었다. 문수가 꿈틀거렸다. 종수 엄마는 이불자

락을 움켜쥐고 더욱 세게 문수의 입을 막았다.

"그렇습니다만."

"그렇다면 이 근처에 있는 동굴에 대해서는 손금 보듯이 훤하겠구만."

잠시 침묵이 이어졌다.

"동네 주변의 동굴이야 훤하지요."

고춘복이 대답했다. 포수 할아버지는 아랫입술을 지그시 깨물었다. 동네 사람들은 원망의 눈초리로 종수 아빠를 쳐다봤다.

"이 근처에 동굴이 있나?"

다시 질문이 이어졌고, 포수 할아버지는 침을 꿀꺽 삼켰다. 긴장감이 동굴 가득 흘렀다.

"이 근처라? 여기는 없구요. 더 올라가면 작은 동굴이 있기는 있는데."

종수 아빠가 번쩍 고개를 치켜들었다.

"그래? 앞장서게."

명령이 떨어졌다.

"네, 알겠습니다."

고춘복의 목소리가 우렁차게 들려왔다. 이어서 발소리가 쿵쿵 동굴을 울렸다. 발소리가 멀어지자 사람들은 그제야 긴 한숨을 내쉬며 가슴을 쓸어내렸다.

"후우~!"

손가락 하나 꼼짝 못하고 앉아 있던 봉달이도 간신히 다리를 뻗었다. 그런데 쥐가 올라 장딴지가 뻣뻣하게 굳기 시작했다. 봉달이는 손가락에 침을 발라 코에 찍었다.

"아악! 문수야, 문수야!"

그때 문수 엄마가 낮게 비명을 지르며 문수를 흔들었다. 사람들이 웅성거렸다.

"문수야, 문수야, 눈 떠! 눈 떠!"

문수 엄마가 울부짖으며 문수를 흔들었다. 하지만 문수는 축 늘어진 채 다시는 숨을 쉬지 않았다.

문수가 죽자 봉달이를 비롯한 동네 꼬마들은 한꺼번

에 울음을 터뜨렸다. 갑자기 동굴이 무서워진 것이었다. 아이들이 울어도 동네 어른들은 어쩌지 못했다. 문수가 죽었으니 아이들 탓을 할 수도 없는 노릇이었다.

포수 할아버지를 중심으로 즉시 마을 회의가 열렸고, 잠시 후 죽든 살든 집으로 돌아가자는 결정을 내렸다.

동네 사람들은 즉시 동굴에서 나와 뀟들으 마을로 돌아갔다. 문수는 종수 아빠가 거적에 싼 뒤에 지게에 얹어 옴팡밭으로 가서 묻었다. 문수 엄마는 마치 미친 사람처럼 손바닥으로 땅을 치며 통곡했다.

당산나무 아래에서

당산나무 아래에서 여자애들이 고무줄놀이를 하고 있었다. 종수는 빈 동차를 끌고 나왔다. 동차에 늘 있던 문수가 보이지 않아 기분이 이상했다. 종수는 풀이 죽어 놀지도 않았다. 봉달이는 숨바꼭질을 하며 놀았다.

종수는 가끔 주먹으로 눈물을 훔쳤다. 문수가 없는 빈 동차에 햇살이 쏟아졌다.

재영이도 함께 숨바꼭질을 했다. 키가 커서 자주 술래

가 되었다. 재영이는 당산나무에 얼굴을 붙이고 숫자를 셌다. 그동안에 봉달이는 재빨리 돌담 뒤로 숨었다.

재영이는 열까지 다 센 뒤에도 찾으러 나서질 않았다. 이상해서 돌담 위로 고개를 쑥 내밀었더니 재영이는 당산나무에 등을 기대고 신작로를 바라보고 있었다. 봉달이도 고개를 돌려 신작로를 바라보았다.

신작로에는 먼지를 일으키며 지프차가 달려오고 있었다. 지프차를 발견한 아이들은 자신들도 모르게 당산나무 아래로 모여들었다.

이젠 지프차가 무섭게 느껴졌다. 봉달이는 빈 동차를 쳐다보았다. 마을 입구에서 지프차는 멈췄고 미군 두 명이 내렸다. 한 명은 숯처럼 검었고 다른 한 명은 술 취한 얼굴처럼 약간 붉었다.

미군들은 당산나무 아래로 오더니 껌과 초콜릿을 보여 주었다. 아이들은 뒤로 두어 걸음 물러났다. 봉달이는 엄마한테서 초콜릿을 주는 사람들이 문수를 죽였다는 말을 들었다. 다른 애들도 집에서 그런 말을 들었다.

두 미군은 고개를 갸우뚱했다. 아이들의 반응이 다른 날과 달랐기 때문이었다. 흑인과 붉은 얼굴의 백인이 서로 뭐라고 한참을 중얼거렸다. 재영이가 먼저 종수와 함께 동차를 끌고 집으로 돌아갔다. 빈 동차 굴러가는 소리가 봉달이의 마음을 찔렀다.

봉달이가 막 돌아서려는 찰나, 흑인이 당산나무 아래에 초콜릿과 껌을 뿌리기 시작했다. 아이들은 그 모습을 지켜볼 뿐 달려들지는 않았다. 땅에 떨어진 초콜릿과 껌을 하나라도 더 줍기 위해서 아우성을 치던 아이들이 아니었다.

껌과 초콜릿을 두고 아이들은 당산나무 아래를 떠나 집으로 돌아갔다. 아까웠지만 어쩔 수 없다고 봉달이는 생각했다. 미군들은 당산나무 아래에 흩어져 있는 껌과 초콜릿을 군홧발로 짓이기고 마을을 떠났다.

다음 날에는 지프차 대신 작은 트럭 두 대가 왔다. 며칠 전 바닷가에서 봤던 칠복이와 꺽다리 대장과 청년단이 트럭에서 내렸다. 트럭에서 내린 졸병들이 네모반듯하게 모이더니 대장을 향해 우렁찬 목소리로 경례했다.

굇들으 아이들은 그 모습을 걱정스러운 눈빛으로 쳐다보았다. 햇살 때문인지 아니면 칠복이의 총에 꽂힌 대검 때문인지 몰라도 저절로 눈이 감겼다. 가는 눈을 뜨고 보니 칠복이의 졸병이 트럭에서 과자 상자를 내렸다.

"헤헤. 문수야, 노올자."

재영이가 빈 동차에다 짚으로 만든 못생긴 인형을 태운 뒤 끌고 다녔다.

"문수야, 노올자. 문수야, 노올자."

재영이는 청년단 틈을 빙글빙글 돌며 동차를 끌었다. 종수는 코가 묻어 딱딱해진 소매 끝으로 눈물을 훔쳤다. 봉달이와 미자를 비롯한 동네 아이들은 동차와 짚인형을 바라보았다. 봉달이의 가슴 속으로 무언가가 찌릿찌

릿 울리고 지나갔다.

"애들아, 여기로 모여!"

칠복이가 과자 상자를 쌓아놓고 소리쳤다. 그러나 아이들은 뒤로 슬금슬금 물러났다.

"뭐야? 왜 이래?"

칠복이가 뱁새눈으로 아이들을 째려보았다. 그때 재영이가 동차를 끌고 칠복이 앞을 지나갔다.

"이놈은 뭐야? 저리 가!"

칠복이가 재영이의 옆구리를 발로 찼다. 재영이는 비명을 지르며 나뒹굴었다.

"이건 또 뭐야?"

칠복이는 짚인형을 내동댕이쳤고 동차도 발로 차 버렸다. 짚인형은 풀어져 버렸고 동차는 뒤집혔다.

숨이 막혔는지 재영이가 흙바닥에서 버둥거렸다. 종수는 부리나케 달려가 동차에 풀어진 짚을 담아 끌고 나왔다.

"보기 싫다. 끌어내!"

대장이 말했다. 그러자 청년단이 우루루 몰려나와 재영이를 당산나무 아래로 질질 끌어다 놓았다.

"이놈들 이게 무슨 짓이냐!"

그때, 뒤에서 천둥 같은 고함이 들렸다. 돌아보니 포수 할아버지가 눈을 부릅뜨고 앞으로 나오고 있었다.

"에잇! 재수가 없으려니까. 늙은이까지."

칠복이가 침을 찍 뱉고 투덜거렸다.

"칠복이 네 이놈. 이 두 눈으로 똑똑히 봤다. 인두겁을 쓰고 그럴 수 있느냐?"

포수 할아버지가 칠복이 앞으로 나가 큰 소리로 꾸짖었다. 칠복이는 어이가 없다는 투로 하늘을 잠시 보았다.

"이런 늙은이가, 제삿밥을 못 먹어 환장했나?"

칠복이는 포수 할아버지의 따귀를 올려붙였다. 찰싹, 하는 소리가 크게 울렸다. 봉달이는 깜짝 놀랐다. 아이들도 놀란 표정을 지었다. 포수 할아버지는 귓들으 마을의 큰 어른이었다.

"죽여라, 이놈아! 왜놈의 앞잡이였던 네 놈의 죄를 온 섬이 다 알고 있다. 그런 놈이 옷을 바꿔 입고 또 설쳐! 차라리 죽여라 이놈아!"

포수 할아버지는 물러서지 않았다. 칠복이는 포수 할아버지의 뺨에 주먹을 날렸다. 이어 쓰러진 할아버지의 몸을 군홧발로 수없이 걷어찼다. 아무도 말리지 못했다. 봉달이가 먼저 울고 이어 미자가 울기 시작했다.

포수 할아버지는 흙바닥에 쓰러져 피투성이가 되었다. 포수 할아버지가 움직이지 않게 되자 청년단원들은 트럭을 타고 돌아갔다. 아이들은 일제히 포수 할아버지한테 뛰어갔다.

경찰과 서청단원이 기시내오름을 샅샅이 수색했다.

기시내오름 근처 숲으로 들어온 칠복이는 일본도로 길을 내며 뱀눈으로 동굴을 찾았다. 특히 찔레 덤불을 만나면 철저하게 파헤쳤다.

한참 동안 수색한 끝에 마침내 칠복이는 위장된 찔레 덤불을 찾아냈다. 칠복이가 일본도로 찔레 덤불을 치우자 동굴 입구가 나타났다. 칠복이는 빙그레 웃었다.

"여기다 연기를 피우면 모조리 나올 겁니다. 그때 한 놈씩 잡아내면 됩니다."

칠복이가 대장한테 말했다. 대장이 고개를 끄덕였다. 청년단 몇이 주변에서 생솔가지를 꺾어왔다. 칠복이는 소나무 가지를 동굴 입구에 쌓아놓고 연기를 피우기 시작했다.

매캐한 연기가 뭉글뭉글 피어올랐고, 동굴 안으로 연기가 잘 들어가도록 칠복이가 부채질을 했다.

한편 동굴 안에서는 동네 어른들이 잔뜩 긴장하고 바깥의 소리에 귀를 기울였다.

"가만, 이게 무슨 냄새야?"

동굴 안에서 미자 아빠가 코를 킁킁거렸다.

"연기다."

"입구에 연기다!"

매캐한 연기가 바람을 타고 동굴 안으로 쏟아져 들어왔다. 여기저기서 재채기가 터졌다. 옷소매로 코를 막았으나 연기가 점점 많아져 아무 소용 없었다.

순식간에 연기가 가득 찼다. 연기의 매운맛에 동네 사람들은 고통을 참지 못하고 동굴 벽을 손으로 긁어 댔다.

"손들고 나가세. 이러다간 모두 죽겠네."

"나가면 모조리 죽어. 버티는 데까지 버텨 보세."

"검은개들이 이미 알고 왔는데, 연기에 버티다간 숨이 막혀 죽네."

"아이고, 나는 더 못 참겠네. 항복! 항복!"

마침내 마을 남자들이 동굴에서 기어 나오기 시작했다. 그들은 동굴 밖으로 나와서도 목을 감싸 쥐고 고통스러워했다.

칠복이는 남자들이 나오자마자 고개를 왼쪽 오른쪽으로 돌렸다. 왼쪽으로 돌리면 서청단원이 '에이급' 하면서 데려갔고, 오른쪽으로 돌리면 '비급'하면서 데려갔다.

마을 남자들이 거의 다 나왔는데도 봉달이 아버지는 끝내 보이질 않았다. 칠복이는 고개를 갸웃거렸다.

"다 나온 것 같은데요. 어떻게 할까요?"

칠복이가 꺽다리 대장한테 물었다.

"아직도 안 나온 악질분자가 있을지도 모르니 끝까지 수색해!"

꺽다리 대장이 명령하자 칠복이가 거수경례를 척 붙이고 물러섰다. 경찰이 동굴 안에다 수류탄을 던졌다.

쾅! 하는 엄청난 소리와 함께 온 숲이 후드득 떨렸다. 잠시 후, 경찰과 서청단원이 동굴 안으로 들어갔다가 빈손으로 나왔다. 칠복이는 사람들을 굵은 밧줄로 꽁꽁 묶었다.

붉게 물든 저고리

며칠 후, 봉달이와 동네 꼬마들은 당산나무 아래에 옹기종기 모여 있었다. 포수 할아버지가 크게 다쳐 모두 걱정이었다. 놀 기분이 아니었다.

서청단원 몇몇이 당산나무에 죽창을 세워 놓고 담배를 피우며 잡담을 하고 있었다. 죽창 끝에는 검붉은 피가 묻어 있었고, 그 위로 똥파리가 날아들었다. 역겹고 징그러웠다.

칠복이는 남자 어른들을 찾기 위해 집집마다 뒤지고 다녔다. 며칠 전 동네 남자들은 동굴에서 끌려 나와 모두 읍내 경찰서에 갇혔다. 그러나 아직도 안 잡힌 어른이 있었다. 바로 봉달이 아버지였다.

"봉달아, 너네 엄마!"

엄마가 칠복이 손에 끌려오고 있었다.

"엄마!"

눈에서 불똥이 튀었다. 봉달이는 엄마한테 달려갔다. 칠복이가 거칠게 봉달이를 밀어 버렸다. 봉달이는 철퍼덕 땅바닥으로 넘어졌다.

"우리 엄마 놔줘! 놔줘!"

봉달이는 앙앙 울면서 칠복이한테 달려들었다. 그러자 다른 서청단원이 죽창을 들고 봉달이를 막았다. 봉달이는 발을 동동 굴렀다. 악을 쓰고 울면서 엄마한테 가려고 펄쩍펄쩍 뛰었다.

그때 칠복이가 뱀눈으로 봉달이를 노려보았다. 재영

이가 얼른 봉달이의 팔을 잡아끌었다. 봉달이는 재영이한테 끌려가지 않으려고 버둥거렸다.

"고순철 그놈은 어디에 있나?"

칠복이가 나서서 엄마를 협박했다. 엄마는 입을 꾹 다물고 있었다. 칠복이가 대검으로 엄마의 턱을 들어 올렸다. 엄마는 고개를 팩 돌렸다.

"이 여자가!"

칠복이가 개머리판으로 엄마의 머리를 쳤다. 엄마는 비명을 지르며 쓰러졌다. 봉달이의 눈이 확 뒤집어졌다.

"내일까지 고순철이가 나타나지 않으면 모조리 죽을 줄 알아!"

칠복이가 또다시 엄마의 배를 발로 걷어찼다. 엄마는 땅바닥에 푹 쓰러졌다.

"차라리 죽여라, 이놈아!"

엄마가 벌떡 일어나 칠복이한테 대들었다. 칠복이가 엄마의 가슴팍을 발로 차 버렸다. 엄마는 비명을 지르며 데굴데굴 굴렀다.

그것을 본 재영이는 눈물을 뚝뚝 흘렸다. 봉달이는 재영이의 손아귀에서 빠져나오려고 애를 썼다. 그래도 재영이는 봉달이를 놓아주지 않았다. 봉달이는 재영이의 손등을 깨물었다. “아얏!” 재영이는 비명을 지르며 봉달이를 놓쳤다.

봉달이는 엄마를 향해 뛰었다. 그러나 누군가가 뒷덜미를 잡았다. 재영이가 다시 봉달이를 꼭 끌어안았다. 봉달이는 빠져나가려고 몸부림을 치다가 다시 재영이의 팔을 물어뜯었다. 하지만 이번엔 ‘아야!’ 하고 비명만 지를 뿐 봉달이를 놓아주지 않았다.

경찰과 서청단원은 엄마를 당산나무에 묶고 아빠가 나타나기를 밤새 기다렸다. 그냥 기다리는 게 아니라 다른 마을에 살고 있는 큰고모와 작은고모까지 잡아다 당산나무에 칭칭 묶었다.

엄마 때문에 얼마나 울었던지 이제는 목에서 꺽꺽거

리는 소리만 나왔다. 봉달이는 엄마를 두고 집으로 갈 수가 없었다.

칠복이는 당산나무 근처에 모여 있는 동네 사람들을 거칠게 쫓아 버렸다. 하지만 봉달이는 앙앙거리며 버텼다. 칠복이가 울고 있는 봉달이를 향해 죽창을 들고 다가오자 재영이가 재빨리 봉달이를 번쩍 들고 고샅길로 뛰었다.

재영이는 봉달이를 데리고 자기네 집으로 갔다. 봉달이는 재영이와 함께 작은 방으로 들어갔다. 재영이의 엄마가 밥상을 내왔지만 봉달이는 먹지 않았다.

당산나무에 묶여 있는 엄마가 눈앞에 아른거리기만 했다. 낮 동안 무진장 울었더니 이제는 눈물도 말랐는지 나오질 않았다. 봉달이는 벽에 기대앉아 마른 울음을 토해냈다. 그러다 딸꾹질을 했다. 재영이가 이불을 펴 놓았지만 봉달이는 멍한 눈길로 그냥 앉아 있었다.

재영이는 지쳤는지 하품을 길게 하더니 그만 이불 위

에 쓰러져 버렸다. 재영이가 잠든 것을 확인한 봉달이는 몰래 작은 방을 빠져나왔다.

고샅길로 나오니 칠흑같이 어두웠다. 검고 푸른 하늘 위에서 별들만 반짝반짝 빛을 내고 있었다.

"엄마를 풀어 주세요. 엄마를 집으로 보내 주세요."

봉달이는 별을 보며 기도했다. 기도를 끝낸 봉달이는 고샅길을 터벅터벅 걸었다. 멀리서 개 짖는 소리가 들렸다. 소리로 보아 미자네 도꾸였다. 도꾸가 짖자 이어서 부뜰이네 곰탱이도 짖었고, 온 동네 개들이 합창하듯이 컹컹거렸다.

고샅길을 돌아 당산나무 근처로 왔다. 서청단원들이 모닥불을 군데군데 피워 놓고 삼삼오오 모여 잡담을 하고 있었다. 봉달이는 살금살금 당산나무로 갔다.

엄마와 고모들은 새끼줄에 묶여 축 늘어져 있었다. 다시 울컥 눈물이 흘렀다. 봉달이는 숨을 죽이고 다가갔다.

"이 꼬맹이 녀석이!"

바로 뒤에서 느닷없이 고함이 들렸다. 그 소리에 놀란 봉달이는 그만 주저앉아 울기 시작했다.

"엄마! 엄마아!"

봉달이의 울음소리에 엄마가 고개를 들었다.

"요, 요 녀석이!"

누군가가 봉달이의 따귀를 철썩철썩 때렸다. 봉달이는 코에서 뜨거운 것이 주루룩 흘러내리는 것을 느꼈다.

"보보 봉달아……, 엄마는 괘괘 괜찮으니까 집으로 가, 어어 얼른."

엄마가 간신히 말했다.

"엄마! 엄마아!"

봉달이는 코피와 눈물을 흘리며 울기만 했다. 엄마와 함께 못 간다면 절대로 집으로 가지 않을 작정이었다. 봉달이의 울음소리에 당산나무 가지가 흔들렸다.

"야! 좀 조용히 시켜! 시끄러워 죽겠다."

모닥불 저편에서 누군가가 엄하게 꾸짖었다.

"알았습니다. 제주도 놈들은 애들까지도 독종이구만."

누군가가 봉달이의 입을 손바닥으로 탁 막아 버렸다. 그러더니 수건으로 입을 꽉 묶어 버렸다. 숨이 컥 막혔다. 아무리 발버둥 쳐도 목소리가 나오질 않았다.

"보보 봉달아, 지지 집으로 가, 제제 제발!"

엄마가 애원했다. 수건으로 입이 막힌 봉달이는 고개를 가로저었다.

"이놈도 그냥 묶어 버려! 독종 같은 놈!"

누군가가 새끼줄을 가져와 봉달이를 당산나무에 묶었다. 봉달이는 이렇게라도 엄마 곁에 있으니 좋다고 생각했다.

엄마가 울면서 봉달이를 풀어 달라고 사정하자 서청 단원들은 엄마의 입도 수건으로 묶어 버렸다.

봉달이는 너무 힘들어 몸부림을 쳤다. 숨을 쉬기가 어려웠다. 빨리 아빠가 나타나 엄마와 고모들, 그리고 자기를 구해 주길 간절히 기도했다. 그러나 아무리 기다려도 아빠는 나타나지 않았다. 봉달이는 아빠가 미웠다.

한라산 쪽에서 소쩍새가 울었다. 소쩍소쩍 우는 그 소리가 너무 슬퍼 봉달이는 자신도 모르게 눈물을 찔끔 흘렸다.

눈물뿐만 아니라 입에서는 끊임없이 침이 흘렀다. 침은 수건을 흠뻑 적셨다. 나중에는 수건 끝에서 침이 방울져 떨어졌다. 밤새 들려오던 소쩍새 울음이 어느 순간 뚝 그쳤다.

세상은 온통 적막 속으로 빠져들었다. 몸부림을 치던 봉달이도 지쳐 자신도 모르게 고개가 툭 떨어졌다. 졸음이 몰려왔다. 봉달이는 당산나무에 묶인 채 잠에 빠졌다.

그러다가 설핏 잠이 깼고, 또 잠이 들기를 반복하는 사이에 캄캄했던 하늘색이 점점 엷어지기 시작했다.

"으으, 으으……."

엄마가 신음소리를 토해냈다. 봉달이는 엄마가 걱정스러웠지만 입을 막은 수건 때문에 한마디도 할 수 없었다. 하지만 마음속으로는 엄마를 백번 천번도 더 불렀다.

검은 하늘이 점점 보랏빛으로 바뀌어 가자, 먼 하늘에 갈매기들이 낮게 날며 끼룩거렸다. 갈매기들이 부러웠다. 갈매기처럼 훨훨 날아갈 수만 있다면, 당산나무에서 엄마를 구해 아빠한테로 날아갈 텐데…….

보랏빛으로 바뀐 뒤 오래지 않아 개머리동산이 서서히 모습을 드러냈다. 그때까지도 아빠는 오지 않았다.

'제발 아빠. 빨리 와서 구해 주세요.'

봉달이는 간절히 기도했다. 마침내 태양이 붉은빛으로 떠올랐다. 집집마다 아침밥을 짓는 연기가 올라왔다. 배도 고팠다. 엄마랑 함께 집으로 돌아가 밥을 해 먹고 싶었다. 빙떡도 좋고 범벅도 좋았다. 아니, 쌀이라곤 한 톨도 없는 꽁보리밥이라도 좋았다.

앞으로는 엄마한테 꽁보리밥이라서 싫다는 둥, 유채나물은 지겹다는 둥, 자리돔젓은 가시가 많다는 둥, 빙떡이 초콜릿보다 훨씬 맛없다는 둥, 감자는 짜증난다는 둥,

김치를 물에 씻어 달라는 등의 말을 절대로 하지 않겠다고 맹세했다.

칠복이 패거리들은 모닥불에 감자를 구워 먹고 있었다. 불에 잘 익은 감자를 호호 불어가며 껍질을 까니 노란 속이 나왔다. 감자의 노란 살에서는 하얀 김이 무럭무럭 나왔다.

괫들으 마을에 아침 햇살이 퍼졌다. 참새들이며 제비들이 서로 노래를 하며 날아다닐 즈음, 구운 감자를 까먹느라 입 주변이 거뭇거뭇한 칠복이 패거리들이 우르르 일어섰다.

"끌고 가!"

대장으로 보이는 사내가 담배를 피우며 명령했다. 서청단원들은 당산나무에 묶인 엄마와 고모들을 풀었다. 엄마와 고모들은 그 자리에 풀썩 주저앉았다. 이어서 봉달이의 몸을 칭칭 감고 있던 새끼줄도 풀었다.

"엄마!"

봉달이는 엄마한테로 달려갔다.

"보보, 봉달아!"

엄마가 울면서 봉달이를 품에 안았다.

"엄마!"

"봉달아!"

봉달이와 엄마는 서로 부둥켜안고 울었다. 옆에 있던 고모들까지 엄마를 끌어안고 울었다. 당산나무 주변으로 몰려나온 동네 사람들도 소리 없이 울었다.

팽! 미자 엄마가 치맛자락으로 코를 풀었다. 봉달이는 엄마 품으로 파고들었다.

"약속은 약속! 우리는 약속은 반드시 지킨다! 이놈을 끌고 가!"

꺽다리 대장이 앞에 나와서 말했다. 명령이 떨어지자 서청단원들이 엄마 품에 안겨 있는 봉달이를 떼어 냈다.

"우아앙!"

봉달이는 자지러지게 울음을 토해냈다. 행여 엄마와

떨어질까 겁이 난 봉달이는 엄마의 치맛자락을 붙잡고 놓지 않았다.

"이런 독종 같은 놈!"

누군가가 봉달이의 따귀를 철썩 쳤다. 눈에서 불이 번쩍 튀었다. 봉달이는 자신도 모르게 치맛자락을 놓고 뒤로 쾅 넘어졌다.

철썩!

그때 천둥처럼 따귀를 치는 소리가 들렸다. 순간, 갑자기 세상이 조용해졌다.

"어딜 감히! 하늘 같은 내 자식을? 네놈이 뭐길래? 4대 독자 외아들을 때리는 것이냐, 이노옴!"

엄마가 봉달이의 따귀를 때린 서청단원의 따귀를 후려친 것이었다. 엄마는 방금 전까지만 해도 비실거렸던 연약한 여인이 아니었다. 엄마의 눈에서는 불꽃이 활활 타오르고 있었다.

"이 여자가!"

헉! 외마디 비명을 지르며 엄마의 허리가 앞으로 꺾였다.

"엄마아! 엄……."

봉달이는 벌떡 일어나 엄마를 향해 뛰려 했다. 그 순간 누군가가 입을 막으며 봉달이를 뒤로 뺐다.

"쉬잇! 제발 쉿!"

재영이였다.

잔뜩 독이 오른 서청단원은 엄마를 마구 짓밟았다. 엄마의 앞자락은 뭉글뭉글 개머리동산에서 떠오르던 붉은 해처럼 물들었다. 봉달이의 눈은 온통 붉은빛으로 가득 찼다. 그리고 머릿속이 점점 하얘지는 것을 느꼈다.

봉달이는 재영이한테서 빠져나오려고 몸부림을 쳤다. 하지만 재영이는 아예 눈까지 가리며 결사적으로 붙잡았다.

"보보, 보봉달아……."

잠시 뒤, 엄마의 가느다란 목소리가 들려왔다. '엄마,

봉달이 여기 있어요.'라고 소리치고 싶었지만 봉달이는 꿈쩍도 할 수 없었다. 이어 고모들의 비명소리가 들렸다.

재영이는 아예 봉달이를 안고 뒤로 돌아서 버렸다. 볼 수는 없었지만 봉달이의 눈에는 핏빛 웅덩이 속에 쓰러져 있던 엄마의 모습이 지워지지 않았다. 봉달이는 발버둥을 치면서 버텼다. 재영이는 봉달이를 번쩍 메고 뛰기 시작했다. 정신없이 고샅길을 내달리면서 재영이는 성난 멧돼지처럼 꽥꽥거리며 울었다.

재영이는 개머리동산에 도착해서야 봉달이를 내려놓았다. 봉달이는 엄마가 너무 궁금해 미칠 지경이었다. 간신히 몸을 일으킨 봉달이는 당산나무 쪽으로 걸음을 옮겼다.

"안 돼! 가지 마!"

재영이가 얼른 봉달이의 어깨를 잡았다. 봉달이는 돌아서서 재영이의 가슴을 주먹으로 때렸다.

"갈 거야, 갈 거야. 엄마한테 갈 거야!"

재영이는 봉달이가 때리는 대로 맞고 있었다. 그래도 재영이는 이를 드러내고 히히 웃었다. 아까 성난 멧돼지처럼 울던 모습과는 완전히 딴판이었다.

"저, 저기! 불이다! 불이다, 불!"

재영이가 펄쩍 뛰며 손가락으로 마을을 가리켰다. 얼른 고개를 들어보니 시커먼 연기가 뭉게구름처럼 피어오르고 있었다.

재영이는 윗도리를 벗어 빙빙 돌리며 마을을 향해 뛰었다. 봉달이도 뛰었다. 고샅길로 들어서니 마을 사람들이 우왕좌왕하고 있었다.

미자네 집에서 연기와 함께 불꽃이 올라오기 시작했다. 봉달이는 걸음을 멈췄다. 미자네 집에 이어 수미네, 숙희네, 종수네, 부뜰이네 집도 불길에 휩싸였다.

조상 대대로 살아왔고, 정들었던 집이 불에 휩싸이자 마을 사람들은 울며불며 발을 동동 굴렀다. 미자는 미애를 업고 콧물을 질질 흘리며 울고 있었다.

헐레벌떡 뛰어서 올레를 돌아 마당에 들어섰더니 믿을 수 없는 광경이 벌어지고 있었다. 집이 거대한 불꽃을 일으키며 폭삭 주저앉고 있었다.

"엄마아!"

마치 타버린 집 안에 엄마가 갇혀 있는 것 같은 불길한 생각이 들어 저절로 울음이 터졌다.

정방폭포

경찰은 곤을동 마을 사람들을 강제로 바다 근처의 바당곳 마을로 옮겼다. 바당곳에는 곤을동뿐만 아니라 다른 마을에서 경찰 트럭에 실려 온 사람들도 많았다. 사람들은 마을회관이나 다른 집의 처마 밑에서 살았다.

경찰은 끌려온 사람들한테 일을 시켰다. 서청단원들은 죽창을 들고 감시했다. 사람들한테 감시의 눈길 아래서 바당곳 주변에 돌담을 쌓았다. 여자들은 해안가로 나가 돌을 주워 왔고 남자들은 담을 높고 두텁게 쌓았다. 산사람의 습격을 막는다고 했다.

밤이 되면 봉달이는 재영이와 함께 마을회관에서 잠을 잤다. 엄마와 고모들과 아빠가 떠올라 서럽게 울었다. 봉달이가 울면 다른 마을에서 온 아이들도 덩달아 '엄마'를 부르며 울었다.

바당곳 위쪽에 초등학교가 있는데, 낮에는 여고생 누나들이 모여 총검술 훈련을 받았다. 봉달이는 초등학교 담장 밖에서 총검술 훈련을 구경했다. 칠복이는 총검술 훈련을 시키면서 뭐가 그리도 좋은지 입을 다물지 못했다. 봉달이는 엄마를 끌고 오던 광경이 생생해서 칠복이가 미워 죽을 지경이었다.

그렇게 낮이 지나고 한라산에서부터 어두워지기 시작해 중산간을 거쳐 바닷가로 땅거미가 내려왔다. 어둠이 바당곳을 감싸기 전에 여고생들과 마을 처녀들은 죽창을 들고 돌담에 나가 보초를 섰다.

밤이 지나고 다시 낮이 오면 봉달이는 재영이와 함께 바당곳 근처를 돌아다녔다. 바닷가로 나가서는 보말과 거북손을 잡았다. 그러나 보말과 거북손으로 음식을 해 줄 엄마가 없었다. 봉달이는 보말과 거북손을 얕은 바다에 던졌다.

봉달이는 말을 잃어버렸다. 그런데 재영이는 해변이나 마을보다도 지서 근처에서 노는 것을 더 좋아했다. 재영이는 서청단원이 부대로 쓰고 있는, 바당곳에서 조금 멀리 떨어진 중학교 근처까지 가기도 했다.

서청단원이 보이지 않을 때면 재영이는 그림을 그렸다. 봉달이가 보기에 지도처럼 생긴 그림이었다. 어떤 날에는 재영이가 마을에서 보이지 않기도 했다. 그토록 호기심이 많던 봉달이는 이제 아무것에도 관심이 없었다.

봉달이는 잠을 자면서도 붉은색으로 번져 가던 엄마의 가슴을 지울 수가 없었다. 봉달이는 남몰래 끅끅거리며 눈물을 삼키다 재영이의 품에서 잠이 들곤 했다.

재미없는 날들이, 엄마가 없는 날들이 흘러갔다. 제때에 밥을 주는 사람도 없었고, 세수를 시켜 주는 사람도 없었고, 이를 잡아 주는 사람도 없었고, 옷을 갈아입으라고 꾸중하는 사람도 없었다. 재영이가 주먹밥을 얻어왔지만 먹고 싶은 마음이 없었다.

그러던 어느 날 밤이었다.

마을회관에서 자다가 오줌이 마려워 밖으로 나왔다. 구름이 달을 완전히 가린 아주 캄캄한 밤이었다. 옆에 재영이마저 없으니 더 무서웠다.

봉달이는 마을회관에서 멀리 가지도 못하고 바지를 내렸다. 오줌을 다 누고 바지를 올리고 있는데, 지서 쪽에서 밤하늘을 찢는 총소리가 연속적으로 울렸다. 느닷없는 총소리에 놀란 봉달이는 푹 주저앉았다.

타다다당, 타다다당.

총소리가 끊임없이 울렸다. 간신히 일어난 봉달이는

총소리가 나는 쪽으로 허위허위 걸어갔다.

"봉달아~."

누군가의 손이 봉달이의 어깨를 탁 잡았다. 돌아보니 포수 할아버지였다. 봉달이는 사시나무 떨 듯 하였다.

"그쪽은 위험해. 가면 안 돼."

포수 할아버지가 봉달이를 품에 안았다.

"아이쿠, 이 어린것들이 무슨 죄가 있다고?"

포수 할아버지가 봉달이의 머리를 가슴에 품었다. 총소리는 중학교와 지서 쪽에서 계속 들려왔다. 봉달이는 손톱을 깨물며 총소리를 들었다.

"할아버지 누가 총을 쏘는 거예요?"

봉달이가 물었다.

"음~, 산사람이 온 모양이다."

포수 할아버지가 슬픈 목소리로 대답했다. 산사람? 엄마의 원수를 갚으려고 아빠도 함께 왔을까? 봉달이는 당장 그곳으로 뛰어가고 싶었다.

총싸움은 새벽녘에야 끝이 났다. 재영이와 봉달이는 뜬눈으로 밤을 지샜다. 다른 사람들도 마찬가지여서 모두 눈이 퀭했다. 봉달이는 재영이와 함께 아침 일찍 지서로 갔다.

지서에 가니 경찰의 시체가 다섯 구나 보였다. 그 옆에 거지처럼 생긴 산사람의 시체도 있었다. 재영이는 히죽히죽 웃었다. 칠복이가 죽창으로 산사람의 옷에서 종이 한 장을 발견했다.

며칠 후, 산사람 몇이 잡혔다는 소식이 전해졌다. 봉달이는 괜히 마음이 두근거렸다. 웅성거리며 나서는 마을 사람들의 뒤를 따라 정방폭포로 갔다. 폭포 주위에는 경찰과 서청단원이 살벌한 모습으로 서 있었다.

그때 봉달이는 포승줄에 칭칭 묶여 끌려가는 재영이와 아빠를 보았다.

"아빠!"

봉달이가 너무 반가워 아빠를 소리쳐 불렀다. 아빠가 봉달이 쪽으로 고개를 돌렸지만 아무 말도 하지 않은 채 다시 고개를 돌려 버렸다.

"형아!"

이번에는 재영이를 불렀다. 재영이는 봉달이를 돌아보더니 고개를 끄덕끄덕하며 입가에 미소를 지었다.

포수 할아버지가 와서 봉달이의 손을 잡았다.

"봉달아, 세상이 참 밉구나. 시절도 참 밉고."

봉달이는 포수 할아버지의 말을 알아들을 수 없었다. 포수 할아버지는 봉달이의 손을 꽉 잡았다. 땀을 뻘뻘 흘리며 고개를 꼿꼿이 들고 걷는 재영이의 눈빛은 완전히 딴사람이 되어 있었다. 재영이는 바보가 아니었다.

경찰은 아빠와 재영이를 정방폭포 꼭대기로 데리고 갔다. 곧이어 경찰대장이 왔다. 그는 권총을 꺼내 들었다. 봉달이는 숨이 콱 막혔다. 아빠한테 가야 한다고 생각해 몸을 움직였다. 그러나 포수 할아버지가 봉달이의 손을 놔주지 않았다.

"아~~."

포수 할아버지의 입에서 긴 한숨이 터져 나왔다. 경찰 대장은 권총을 아빠 머리 가까이 가져갔다.

탕!

그 순간 봉달이는 보았다. 아빠의 이마에서 흐르는 붉은빛의 피를. 그 위로 붉게 물든 엄마의 옷이 겹쳐졌다. 갑자기 추워지며 몸이 부들부들 떨려왔다. 눈물도 나오지 않았다. 잠시 후 그대로 오줌을 싸고 말았다.

"제주도민 만세!"

재영이가 큰소리로 외쳤다.

탕!

재영이도 머리에 총을 맞고 푹 쓰러졌다. 포수 할아버지의 손이 가늘게 떨리더니 마침내 온몸을 부들부들 떨었다.

서청단원 몇이 나와 쓰러져 있는 아빠와 재영이를 정

방폭포 아래로 던져 버렸다. 봉달이는 울지 않았다. 두 눈을 부릅뜨고 두 손을 움켜쥔 채 그냥 떨며 서 있었다. 총살을 끝낸 경찰과 서청단원은 트럭을 타고 사라졌다.

포수 할아버지와 봉달이는 정방폭포 아래로 내려갔다. 폭포 아래로 가니 아주머니들의 곡성이 들렸다.

"이런, 천벌을 받을 놈들!"

포수 할아버지가 고함을 질렀다. 정방폭포에는 총살로 죽은 사람들과 죽창에 찔려 죽은 사람들의 시체가 산더미처럼 쌓여 있었다. 그 위로 폭포수가 쏟아졌다. 죽창을 든 서청단원 몇몇이 살벌한 표정으로 가족들의 접근을 막고 있었다.

4월 어느 날

어느 날, 점심 무렵이 되자 이제는 경찰 제복을 입은 칠복이가 다른 경찰들과 함께 바당곳에 들이닥쳤다. 바당곳은 일순간에 아수라장이 되었다.

꺽다리 대장은 다른 마을 사람들을 초등학교로 끌고 가라고 명령했다. 꺽다리 대장도 이번에는 경찰 제복을 입고 있었다. 총을 허공에 대고 쏘는 칠복이의 눈에 살기가 등등했다.

경찰은 운동장으로 사람들을 몰아넣었다. 운동장에 들어가자 경찰은 대나무 장대를 들고 사람들을 정리했다. 꾸물거리는 사람들은 대나무 장대로 사정없이 얻어맞았다.

봉달이는 운동장 구석으로 갔다. 운동장 구석에는 부뜰이와 종수와 귀식이와 수미와 숙희가 모여 있었다. 잠시 후 미자도 미애를 업고 그곳으로 왔다.

"너희들은 뭐야? 안 들어가!"

칠복이가 장대를 들고 와 마구 휘둘렀다. 귓들으의 꼬마들은 식구가 있는 운동장 한가운데로 뛰어갔다.

식구가 없는 봉달이는 천천히 걸었다. 엄마와 아빠가 보고 싶었다. 봉달이는 운동장 한가운데의 귓들으 사람이 모여 있는 곳으로 가서 맨 뒤에 섰다.

"경찰 가족은 오른쪽 철봉대로 이동!"

꺽다리 대장이 앞으로 나와 명령했다. 봉달이는 그 자리에 가만히 서 있었다.

귓들으 사람 중에서는 영수와 영수 엄마가 먼저 철봉대 쪽으로 갔다. 종수 엄마와 아빠는 그 자리에 가만히 서 있었다.

"얼른 가소."

포수 할아버지가 종수 아빠의 등을 밀었다.

"죄송해서……."

종수 아빠가 고개를 푹 숙이고 말했다.

"자네가 죄송할 게 뭐 있어? 얼른 가소."

포수 할아버지가 다시 등을 밀었다. 그러자 종수 아빠가 한 걸음 움직였다.

"얼른 가라니까."

포수 할아버지는 종수 엄마의 등도 밀었다. 종수 엄마는 문수를 잃고 반쯤은 넋이 나간 상태였다. 마치 재영이처럼 보일 때가 많았다. 종수 아빠가 종수 엄마의 손을 잡아끌었다. 이어서 종수도 아빠의 손을 잡았다. 봉달이는 종수의 등을 보았다. 눈물이 찔끔 났다.

"종수야 잘 가!"

봉달이가 말했다. 종수가 문득 걸음을 멈추고 봉달이를 돌아봤다. 봉달이는 손을 흔들었다.

"아부지, 봉달이도 데리고 가면 안 돼?"

종수가 아빠의 옷자락을 잡고 물었다. 종수 아빠가 봉달이를 쳐다보았다. 봉달이는 그저 고개를 숙인 채 고무신 코만 내려보았다.

"우리랑 같이 가자."

종수 아빠가 봉달이의 손을 잡아끌었다. 봉달이가 포수 할아버지를 쳐다보았다. 포수 할아버지와 함께 있고 싶었다.

"가거라."

포수 할아버지가 고개를 끄덕였다.

"너도 가!"

그때 미자 엄마가 미자를 종수 아빠 쪽으로 밀었다.

"싫어! 엄마랑 있을래!"

미자가 싫다고 몸을 흔들었다.

"콱! 그냥! 말 안 들어?"

미자 엄마가 앙칼지게 말했다. 종수 아빠가 한숨을 길게 내쉬었다.

"미자야, 너도 가자."

종수 아빠가 미자의 손도 잡았다.

"고마워요, 종수 아빠. 이 은혜는 평생 안 잊을게요."

미자 엄마가 옷자락으로 눈물을 찍어 내며 말했다.

"어서 가."

미자 엄마가 미자를 보고 고개를 끄덕였다. 미자는 울면서 종수 아빠를 따라나섰다. 등에 업힌 미애는 죽는다고 울어댔다.

"미애야."

미자 엄마가 울음 섞인 목소리로 미자한테 다가와 등에서 미애를 쏙 뽑아 품에 안았다.

"너희들은 뭐야?"

그때 칠복이가 사나운 눈초리로 나타나 소리를 꽥 질렀다.

"경찰가족이오."

종수 아빠가 대답했다.

"가족이 왜 이렇게 많아?"

칠복이가 미자와 봉달이를 가리키며 물었다.

"작은집 조카들이요."

종수 아빠가 당당하게 대답했다.

"조카들이라?"

칠복이가 혼잣말을 하며 다가왔다. 칠복이는 미자와 봉달이를 번갈아 쳐다봤다. 봉달이는 가슴이 타는 것만 같아 눈을 마주치지 않으려고 고개를 숙였다.

"너!"

칠복이가 미자를 손가락으로 쿡 찔렀다.

"예?"

놀란 미자가 뒤로 두어 걸음 물러나며 대꾸했다.

"이 아저씨가 큰아빠 맞아?"

칠복이가 물었다. 미자는 우물쭈물하다가 자기 엄마를 쳐다보았다. 미자 엄마는 안타까운 얼굴로 고개를 위아래로 크게 끄덕였다.

"예……."

미자가 잦아드는 목소리로 대답했다.

"그래? 너는?"

칠복이가 봉달이를 가리켰다. 봉달이는 고무신 코만 쳐다보았다.

"아닌 모양인데?"

칠복이가 봉달이의 턱을 치켜올렸다. 봉달이는 눈을 질끈 감았다. 칠복이가 봉달이의 따귀를 세차게 후려쳤다. 봉달이는 눈을 번쩍 뜨고 칠복이를 빤히 쳐다봤다. 그러나 눈앞에는 온통 붉게 물든 엄마의 옷자락만 아른거렸다. 칠복이의 얼굴도 보이지 않았다.

"하, 이거 돌콩만한 놈까지도 개기네."

다시 칠복이가 손을 쳐들었다. 엄마의 붉은 옷자락이 걷히는 것 같더니 비로소 칠복이의 얼굴이 생생하게 보였다. 봉달이는 울지 않으려 입을 악물고 칠복이를 노려봤다.

"어라? 그러고 보니 너……. 그래, 가라."

칠복이가 먼저 돌아섰다. 종수 아빠는 얼른 봉달이와 미자를 끌고 철봉대 쪽으로 갔다. 부뜰이와 숙자와 수미는 그대로 운동장에 남았다.

철봉대 근처로 모인 사람은 운동장에 남은 사람들에 비하면 그 수는 무척 적었다. 경찰과 청년단은 경찰 가족을 먼저 교실로 몰아넣었다. 그다음에 운동장에 남은 사람들을 총칼로 위협하며 감시했다.

붉은 유채꽃

제주의 곳곳에 노란 유채꽃이 피어났다. 옴팡밭에는 유채꽃이 한창이었다. 유채꽃이 피면 꼬마들은 꽃을 따서 먹으며 놀았다. 초등학교 운동장 담 밑에도 유채꽃이 피어 사월의 바람에 흔들리고 있었다. 하지만 유채꽃을 보는 사람들은 아무도 없었다.

봉달이는 교실 유리창으로 담 밑의 유채꽃을 보았다. 엄마가 생각났다. 유채꽃처럼 예쁜 엄마. 엄마는 유채꽃이 피기 전 삼월에는 유채 줄기를 솎아 김치를 담갔다. 엄마가 담근 유채 김치가 먹고 싶었다. 봉달이의 눈에서 눈물이 방울방울 굴러내렸다.

땅거미가 몰려왔다. 운동장에서 들려오는 울음소리와 욕지거리가 유리창을 넘어왔다. 교실에서는 아무도 불을 켜려고도 말을 하려고도 하지 않았다.

아니 그냥 웅크린 채 움직이려고도 하지 않았다. 몇 시간째 소변을 누러 나가는 사람도 없었다.

갑자기 밖이 웅성거리기 시작하며, 경찰의 고함과 사람들의 울음소리가 높아졌다. 봉달이는 창가에 서서 운동장을 바라보았다. 보름달이 환하게 떠서 운동장에서 무슨 일이 일어나는지 알 수 있을 정도는 되었다.

경찰이 대나무 장대로 사람들을 몰고 학교 밖으로 나가기 시작했다. 봉달이는 눈치를 보다가 몰래 교실을 빠져나왔다. 선생님들 관사가 있는 쪽문으로 살금살금 걸어갔다.

"나도 가."

미자가 따라왔다. 미자의 눈에는 눈물이 그렁그렁 매달려 있었다.

"가자."

봉달이와 미자는 쪽문을 나와 사람들이 끌려가는 모습을 멀찌감치 지켜보며 따라갔다. 경찰은 사람들을 학교 옆 옴팡밭으로 끌고 갔다. 사람들은 옴팡밭 가득 핀 유채꽃 사이 사이로 밀려 들어갔다. 경찰은 옴팡밭 앞에 일렬로 섰다. 그 앞에 포수 할아버지가 우뚝 서 있는 게 보였다.

"네 이놈들! 이러고도 사람이냐!"

포수 할아버지가 외쳤다. 대장이 칠복이를 향해 고개를 끄덕였다.

"사격!"

칠복이가 큰 소리로 명령했다.

따다다당, 따다다당!

기관총이 불을 뿜었다. 그 소리에 봉달이와 미자는 자신도 모르게 털썩 주저앉아 손으로 귀를 막았다. 맨 먼저 포수 할아버지가 가슴에 몇 발의 총을 맞고 쓰러졌다. 기관총이 불을 뿜을 때마다 사람들이 쓰러졌다.

따다다다, 따다다다, 따다다당.

기관총 소리가 잠시 멈추는가 싶더니 또다시 이어졌다. 봉달이와 미자는 땅바닥에 엎드려 그 모습을 지켜보았다. 서 있던 사람들이 모두 유채꽃 위로 넘어지자 기관총 소리가 멈췄다.

순간 깊은 정적이 흘렀다. 미자가 어깨를 들썩이며 흐느껴 울었다. 봉달이는 미자가 우는 것을 처음 보았다. 유채꽃 사이에서 사람의 신음 소리가 들렸다. 그러자 칠복이가 앞장서고 경찰 몇이 옴팡밭 안으로 들어갔다.

"살아 있는 사람이 있나 확인해."

칠복이가 말했다. 봉달이는 미자 손을 꽉 잡았다.

탕, 탕!

또다시 총소리가 밤하늘에 울려 퍼졌다. 미자는 온몸을 사시나무처럼 떨었다. 봉달이의 몸도 파르르 떨려왔다. 잠시 후, 경찰은 트럭을 타고 옴팡밭을 떠났다.

미자가 먼저 옴팡밭을 향해 뛰어가기 시작했다. 봉달이도 미자의 뒤를 따라 달렸다. 옴팡밭에 도착한 봉달이는 자신도 모르게 손으로 입을 막았다. 옴팡밭에는 기관총에 맞아 죽은 사람들로 가득했다. 유채꽃 위로 아무렇게나 쓰러진 사람들의 모습은 정말 처참했다.

"엄마!"

미자는 시체마다 살펴보며 엄마를 찾았다. 봉달이는 포수 할아버지를 찾았다. 눈물이 그치질 않았다. 포수 할아버지는 엎어져 있었다. 봉달이는 포수 할아버지를 반듯하게 눕혔다.

봉달이는 미자와 함께 미자 엄마를 찾으려 애를 썼다. 그러다가 온몸이 피투성이로 죽어 있는 부뜰이와 수미와 숙자를 발견했다. 봉달이는 이를 악물고 터져 나오는 울음을 참았다. 미자도 정신없이 엄마를 부르며 옴팡밭을 헤매고 다녔다.

그때, 가느다란 아기 울음소리가 시체 더미에서 흘러나왔다.

"미애야, 미애야. 괜찮아, 언니가 왔어."

미자는 정신없이 울음소리 쪽으로 달려갔다. 봉달이도 뒤를 따랐다. 미자는 엎어져 있는 아주머니의 시체 앞에 걸음을 멈췄다. 뒷모습만 보아도 미자 엄마였다. 미자는 엄마를 뒤집었다. 미자 엄마는 미애를 가슴에 꼭 끌어안고 있었다.

"엄마~~."

미자는 미애를 안으면서 울고 말았다. 봉달이는 포수 할아버지 옆에 부뜰이와 수미와 숙자를 눕혔다. 눈물이 너무 흘러 앞이 보이지 않을 지경이었다.

봉달이는 유채꽃을 따기 시작했다. 피에 젖지 않은 유채꽃을 찾아 미친 듯이 헤매며 노란 꽃을 모았다. 봉달이는 포수 할아버지의 얼굴 가득 유채꽃을 덮었다. 이어 부뜰이와 숙자와 수미의 얼굴과 가슴도 유채꽃으로 덮었다. 나머지 유채꽃으로는 미자 엄마의 얼굴을 덮어 주었다. 노란 유채꽃이 금방 붉은 유채꽃으로 변했다.

"고마워, 봉달아."

미자가 엄마의 몸에서 피에 젖은 포대기를 빼내 미애를 업었다. 봉달이는 제사를 지내던 아빠와 엄마의 모습을 떠올리며 죽은 사람 모두에게 큰 절을 두 번 했다. 미자도 미애를 업은 채 큰 절을 두 번 올렸다.

"가자, 미자야."

봉달이는 학교로 돌아가기 싫어 반대편 신작로를 가만히 쳐다보았다. 신작로에는 달빛이 하얗게 쌓이고 있었다. 봉달이는 한 발 내디뎠다.

"엄마, 엉엉엉~!"

미자가 울면서도 얼른 봉달이의 손을 잡았다. 봉달이는 미자의 손을 뿌리치지 않았다. 어서 빨리 집으로 가고 싶었다. 집에 가면 엄마가 환하게 웃으며 빙떡을 내 줄 것만 같았다. 봉달이는 몇 걸음 걷다가 뒤돌아서서 옴팡밭을 보았다.

붉은 유채꽃 위로 달빛이 쌓이고 있었다.

"나는 곶들으로 갈 거야. 미자 너는?"

봉달이는 마을로 돌아가겠다고 말했다.

"나도 집으로 갈 거야."

미자가 대답했다.

봉달이는 중산간에 있는 곶들으를 향해 걷기 시작했다. 한라산과 기시내오름을 방향으로 삼고 무작정 걸었다. 미자 등에서 칭얼대던 미애가 어느새 쌔근쌔근 자고 있었다. 미자를 보니 땀범벅이었다.

"미애, 내가 업을까?"

봉달이가 물었다.

"아니야. 미애는 내 등이 젤로 편할 거야."

미자의 말에 봉달이는 고개를 끄덕였다. 미자는 언제나 미애를 업고 다녔으니까. 봉달이와 미자는 이제 울지도 않고 묵묵하게 걷기만 했다.

'아빠는 정방폭포 아래에 있는데, 엄마와 고모들은 어디에 있을까?'

얼마나 걸었을까? 비자림 숲을 지나고 여러 개의 옴팡밭을 지나갔다. 봉달이와 미자는 터벅터벅 걷고 또 걸었다. 밤의 어둠이 슬슬 걷히는지 한라산 꼭대기에 붉은 기운이 드리웠다.

봉달이는 걸음을 멈추고 바다를 향해 몸을 돌렸다. 바다 위의 구름에 아침노을이 비끼기 시작했다.

"해가 뜨고 있어."

미자가 말했다. 봉달이는 바다 멀리에서 구름을 뚫고 떠오르는 붉은 태양을 바라보았다. 미자가 봉달이의 손을 잡았다.

제주 4·3 사건
진상규명 및 희생자 명예회복에 관한 특별법

4·3 사건은 미군정기에 발생해 대한민국 정부 수립 이후에 이르기까지 7년여에 걸쳐 1만 5천여 명의 제주도민들이 희생당한 사건으로, 한국 현대사에서 6·25 전쟁 다음으로 인명 피해가 많았던 사건으로 꼽힌다.

2000년 제정된 〈제주4·3사건 진상규명 및 희생자 명예회복에 관한 특별법〉은 4·3사건의 시기를 경찰의 발포 사건이 있었던 1947년 3월 1일부터 한라산 금족 지역이 해제되는 1954년 9월 21일까지 7년 7개월 간으로 잡고 있다.

이 시기 동안 무장대와 토벌대 간의 무력충돌과 토벌대의 진압 과정에서 당시 1만 5천여 명의 주민이 희생당했다. 가옥 4만여 채가 소실되었고, 중산간 지역의 상당수 마을이 폐허로 변했다.

4·3사건은 군사정권 동안 '북한의 사주에 의한 폭동'으로 규정되며 금기시되다가 김대중, 노무현 정부 때 특별법 제정, 진상조사위원회 활동 등을 통해 진상 규명과 정부의 공식 사과, 희생자 보상 등이 이뤄졌었다.

2021년 2월, 제주 4·3 희생자에 대한 배보상과 억울한 옥살이를 한 수형인의 구제, 4·3사건 추가 진상조사를 핵심 내용으로 한 4·3특별법이 제정된 지 22년 만에 전면 개정되었다.

붉은 유채꽃 – 개정판

1쇄 인쇄 2023년 3월 10일 | **1쇄 발행** 2023년 3월 25일

글 정도상 | **그림** 휘리
펴낸이 양정수 | **편집** 최현경, 윤수지 | **디자인** 추진우 | **마케팅** 양준혁
편집 진행 이명희 | **디자인 진행** 구민재page9
펴낸곳 도서출판 노란상상 | 등록 2010년 1월 8일(제2010-000027호)
주소 서울시 영등포구 양평로 157, 1311호
전화 02-797-5713(영업부), 02-2654-5713(편집부)
팩스 02-797-5714 | **전자우편** yyjune3@hanmail.net

ISBN 979-11-91667-86-8 43810

• 이 책은 『붉은 유채꽃(푸른나무)』 개정판입니다.
• 책값은 뒤표지에 있습니다.

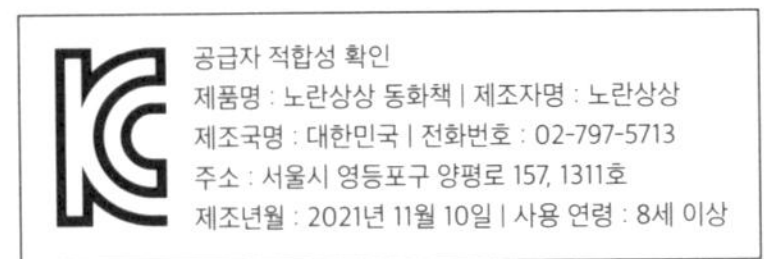

※ KC 마크는 이 제품이 공통 안전 기준에 적합하였음을 의미합니다.
※ 책의 모서리가 날카로워 다칠 수 있으니 던지거나 떨어뜨려 다치지 않도록 주의하세요.